Alpha
Girl Star

Alpha Girl Star
她来自阿尔法星球！
思念，
像是绿色的藤蔓，
缠绕在一起……
© SOL.Bianca Creation works

ALPHA GIRL STAR
我回来了！
为了我们的约定……
可是，你在哪里？
当流星坠落，
我看到了他的眼泪……
© SOL.Bianca Creation works

Alpha Girl Star

阿尔法少女星

喵哆哆 著

CNS PUBLISHING & MEDIA 中南出版传媒 | 湖南少年儿童出版社 HUNAN JUVENILE & CHILDREN'S PUBLISHING HOUSE

图书在版编目（CIP）数据

阿尔法少女星 / 喵哆哆著. — 长沙 ：湖南少年儿童出版社，2015.7
ISBN 978-7-5562-0747-3

Ⅰ. ①阿… Ⅱ. ①喵… Ⅲ. ①长篇小说－中国－当代 Ⅳ. ①I247.5

中国版本图书馆CIP数据核字(2014)第299734号

CNS PUBLISHING & MEDIA 中南出版传媒

Aerfa Shaonüxing
阿尔法少女星

责任编辑：吴　蓓
品牌运营：Sean.L
特约编辑：李　黎
视觉监制：611
文字编辑：梁　甜
装帧设计：胡万莲　齐晓婷
原画监督：丹青 show
插画制作：索·比昂卡创作组（蓝色创可贴　Erich）
文字校对：落　语

出 版 人：胡　坚
出版发行：湖南少年儿童出版社
地　　址：湖南省长沙市晚报大道 89 号　邮　编：410016
电　　话：0731-82196340（销售部）　82196313（总编室）
传　　真：0731-82199308（销售部）　82196330（综合管理部）

经　　销：新华书店
常年法律顾问：北京市长安律师事务所长沙分所 张晓军律师
印　　刷：长沙银都印务有限公司
开　　本：660 mm × 960 mm　1/16
印　　张：16　字　数：192 千字
版　　次：2015 年 7 月第 1 版　印　次：2015 年 7 月第 1 次印刷
定　　价：25.80 元

目录

contents

A·l·p·h·a G·i·r·l S·t·a·r

目录

contents

楔子

Alpha Girl Star

PROLOGUE

“啊——”

悬浮在空中的银色建筑物中，传出痛苦的哀号声。

街道上飘浮着的人们瞬间停住，纷纷往发声处望了一眼后，随即便又若无其事地继续低着头各自飞开。

镜头拉近，对准透明的气泡窗口——

没错，那个在气泡窗里的镜子前哭丧着脸，并且穿着一身银色金属连体装，正在懊恼地蹂躏着自己头顶那撮头发的家伙就是我了！

这里是阿尔法星球的莫多里斯境内，而我——鲁霏霏，是这个星球上无数菜鸟赏金猎人中的一个。

至于让我连连哀号的原因，那个……

当然是因为我又断粮了！

当数字账号中的数字币余额即将为零，便是我每个月最痛苦的时候，这说明我又必须出去执行任务了。

可是一想到又要乘坐星际巴士到另一个星球上跑腿，我不禁又感叹：“养活自己真是太艰难了！”

我垂头丧气地打开房门，看着在半空中穿梭的各种飞行器，心中郁闷不已。

我低头看着仅剩的几个数字币，唉，这点少得可怜的数字币竟然连飞行装置都没办法启动。

没办法了，看来今天我只能靠双腿走去任务领取中心了。

要是今天初级任务栏里可以找到既轻松赏金又高的任务那就再好不过了。

抱着这样美好的期望，我努力迈动着双腿朝任务中心“飘”去……

没错，就是飘！

因为失重的关系，整个阿尔法星球上的物体都是飘浮在空中的。

虽然说完成高级任务栏里的任务后赏金会多很多，但我还是很有自知之明的，知道以我的能力根本就不可能完成那种高难度的任务，所以还是老老实实地领取初级任务来做吧。

“奇怪，今天任务领取中心好像很多人呢！”

我费尽千辛万苦才好不容易穿过重重人墙，挤到了初级任务栏的窗口前，仰着头浏览着透明公告栏上实时更新的文字。

既轻松赏金又高的任务，既轻松赏金又高的任务……你在哪里？

可是我看得脖子都发酸了，还是没有找到一个适合我的。

我扭扭发酸的脖子打算放松一下，眼角的余光却不小心瞥到了高级任务栏那边。

发生什么事情了吗？

为什么向来冷清的高级任务栏今天被大家里三层外三层地围住了？

虽然我很好奇那边到底发生了什么，但是……

还是算了吧，反正高级任务栏的任务跟我也没什么关系。

我转回头，继续在初级任务栏中搜索起来……

哈哈，这个不错，终于让我逮到你了！

任务14：去地球买十五种不同口味的泡面，赏金一千数字币。

一千数字币虽然不算多，但是如果我节省点，就又可以宅在家里过半个星历月了。

我心里美滋滋地幻想着完成任务后的美好生活，毫不犹豫地点下了确定键。

下一秒，一串冷冰冰的声音开始传入我的耳中：“恭喜您，14号任务已领取！

“常用地球语言一万种已经植入成功！

“去地球需要了解的一亿种常识已经载入您的通信器，请注意查收！”

……

哈哈，搞定！

一切准备就绪，我潇洒地转身离开，开始准备接下来的工作。

这时通信器自动摇晃了几下，翘了起来，并且努力向上伸展，调整着信号频率。

“吱吱吱……”几声短促的声音后，一切数据都已经接收成功，接下来我只要等到星际巴士出现就可以出发了。

我站在星际巴士候车点，突然一个声音从我的身后传来：“哼，我还以为是什么重大事件呢，不就是一个长得帅点的星际逃犯吗？”

我转头看去，只见两个人正嘟囔着从高级任务栏那边飘了过来。

“不过这个逃犯的赏金还真是高呢，如果可以抓到他，那下半辈子就可以享受了！”

“那也要有命享受才行，这样的逃犯一看就是无恶不作的，我还是乖乖领取我的常规任务好了！”

“那倒也是，不过……如果发现他的行踪，只要举报也能获得一笔不小的奖金呢！”

……

只要举报就能获得奖金，还有这样的好事？

我仿佛已经看到自己账户上的数字币“噌噌噌”往上跳动的画面，立刻控制不住地往高级任务栏的方向飘去……

站在人们中间，我抬头看了看任务栏，哇……不看不知道，一看连我也忍不住犯晕起来。

这次要进行大追捕的星际逃犯好看得也太离谱了吧！

照片中的男生看上去应该和我差不多年纪，不知道是不是发现有人偷拍，他嘴角微微上扬，冲着镜头笑得一脸邪恶。

明明就是一个男生，却拥有让女生都羡慕不已的白皙皮肤，栗色的短发让他看起来更加清爽干净，两道浓黑的剑眉恰到好处地横在他那狭长的双眼之上，高挺的鼻梁下面是两片樱花色的薄嘴唇。

最过分的是，他的脸上竟然还有着两个可爱的酒窝，配上那双狭长的丹凤眼，显得有点坏坏的可爱。

难怪今天的高级任务栏前停留最多的就是女生了。

从他的照片往下看，就是对他的简介和所犯事项一串长长的陈述。

这个叫埃尔文森的家伙，还真是无恶不作啊！

等等！

没想到那种凶恶的家伙竟然还有害怕的东西！

“噗——”而且还是这么出乎意料的生物！真不明白，就那么芝麻一点大的东西，到底有什么好害怕的……我在心里一阵暗笑。

不过……这和我又有什么关系呢！

碰到星际逃犯的概率，肯定比猎人协会宣布从此所有猎人不用出去工作就能获得高额数字币的可能性还要低吧！

所以……我还是乖乖去做我的低级任务吧。

啦啦啦……

一想到任务完成后就能用赏金买很多好吃的，并且把空荡荡的家填满，我的心情就好到了极点。

第一章

Alpha Girl Star

CHAPTER

01

天上掉下个外星少女

（一）

我搭乘着星际巴士到达地球后，天已经彻底黑了，天空中看不到星星，空气有些闷。

根据通信器上的提示，我很快便走到了一个人烟稀少、有着彩色条纹招牌的店门前。

头顶的通信器自动扫描着我看到的东西，并且详尽地解释道："便利店，可以在此购买到各种食物以及基本的日常用品。"

很好，这里就是我要找的地方了！

通信器继续自动扫描着眼前的一切："自动玻璃门……货架……店员……"

透过眼前的"自动玻璃门"可以看到，店内的"货架"上整整齐齐地摆放着五颜六色的商品，店里除了一个穿着绿色"围裙"的"店员"之外，便空无一人。

我刚刚走到那扇玻璃门前，它便自动向两边弹开了。

"欢迎光临！"身材高大的店员头也不抬地站在"收银台"前，双手快速地在"电脑"上跳动着。

刚才通信器上好像说有什么不懂的都可以问他。

"你好，请问泡面在哪儿？"我微笑着问他。

那个便利店店员抬起了头，对上他视线的那一刻，我差点停止了呼吸。

他额前的碎发又黑又亮，衬得皮肤越发洁净细腻，两道浓黑的剑眉，和阿尔法星球上最昂贵的孔雀石一般漂亮的墨绿色双眸在灯光下熠熠生辉，高挺的鼻梁下是水润光泽的薄唇……

哇，眼前的这个地球人长得也太好看了吧？比我出发前看到的那个外星逃犯还要好看呢！

相比之下，身为女生的我真是该惭愧了。

他眼神古怪地看了我一眼，才说道："门口左边第一个架子上！"

"好的，谢谢。"我说完，转身走到他说的架子旁。

原来泡面就在我进门后一眼能看到的地方，难怪他刚才用那么奇怪的眼神看着我。

我连忙伸手拿起面前的泡面，但是很快我便发现了问题……

咦？同一个口味怎么有着这么多不同的包装，我到底应该拿哪一种呢？

好像同一个"品牌"的都没这么多口味，要不我多拿几个"品牌"的？

可是，如果买错的话，我这次的任务不就泡汤了，而且还要赔偿泡面的预付金额什么的……

哎呀，为什么买个泡面也这么麻烦呀？

要不，再问问那个店员？

"那个……"我抬头看向站在收银台后的帅气店员，却见他正皱着眉看向我，墨绿色的双眸中射出锐利的目光。

"请问还有什么需要帮助的？"

虽然是礼貌的语气，但是他的眼神让我不自觉地把到了嘴边的疑问硬生生收了回来。

“没，没有！”

还是不要问他好了，虽然我还不是很了解地球上的人类，但是身为赏金猎人的直觉告诉我，问了以后可能会发生无法预料的事情。

反正任务上说的，只要十五种不同口味的泡面，也没说必须是同一个品牌的。

我默默地凑齐了任务要求的泡面，正打算去付账，通信器突然间扫到了旁边的一包“凤爪”……

于是，一种可爱的两脚站立的生物的样子出现在我的脑海中，而这种食物就是那种叫鸡的生物的脚……

“这……这真的是鸡脚吗？”

我吞了一口口水，胃里一阵翻江倒海。

听到我这么问，男生的眉头似乎皱了皱，但他的声音依然平静：“是的。”

太残忍了！怎么能杀害这么可爱的动物呢！

我不忍地移开了视线，捧着泡面往收银台走去。

“你们都喜欢吃小鸡的脚吗？”看着眼前帅气的男生，我怎么也无法想象他抓着鸡脚啃的画面。

男生正准备“扫描代码”，听到我的话，他突然停下了手中的动作，白了我一眼后，才回答：“不知道其他人如何，反正我是不吃这些东西的。”

呼，还好，还好！

“你好，一共是七十五元。”

轰隆隆——

他的话刚说完，门外突然传来一声巨响。

“吓，吓死我了！”我的心脏被那突然的声响吓得加速跳动，好半天我才回过神来，怯怯地问，“你……你刚才说了什么？”

“我说这些泡面一共是七十五元。”男生看了看外面，平静地回答我，“开始打雷了，应该很快就会下雨了吧。”

哦，原来那是雷声啊！通信器自动搜索到“打雷”的意思，并且把有关信息反馈到了我的脑海里。

我立马低下头，通信器这时也在飞速地调整频率，转换着我应该支付的钱币种类。

“吱吱吱——”

咦，通信器好像有点不太正常的样子。

脑海里的画面时而模糊时而跳动，摇晃的画面都快把我弄糊涂了。

“可恶！”我忍不住低吼出声。

男生似乎也被我突然的声音给吓到了，他的眉头皱得越来越厉害，双手不知道什么时候已经握成了拳头。他忍耐地说：“臭丫头，你……”

等等，他这表情，该不会以为我刚才是在吼他吧？

“啊，对……对不起，我不是在说你。”我连忙解释，男生的脸色这才好了一点。

搞什么嘛，通信器竟然在我要接受货币信息的时候突然不稳定了。

我忍不住“啪啪”拍了自己的脑袋几下，脑海中的画面晃了晃，随即一张红色的货币从我眼前一闪而过，同时伴随着一个模糊不清的声音。

“Minbi，Mingbi……冥币？”我小声在嘴里重复着刚才听到的那两个字。

男生疑惑地看着我，眼中透露出一丝不耐烦，同时也带上了几分怀疑：“还有什么问题吗？”

“没，没什么！”我立即投入到了我的“货币转换大作战”中。

“Mingbi、Minbi、冥币……”啊，就是它了！

我开心地把那张写着“壹万圆”的红色纸币拍到了收银台上。

按这样的转换率来看，地球人的消费还真是便宜呢，这么多东西只要七十五元冥币。

不过……这个男生的表情怎么怪怪的？

他的脸色都变黑了……都说地球人生病的时候脸色会变差，难道他是生病了？

“你没事吧？”我歪着脑袋，好奇地看着脸色发黑的他。

“你是在耍我吗？”他深吸了一口气后，才瞪着我，冷冷地说。

“什么？”

“冥币是烧给死人的！”他几乎是咬牙切齿地说道。

咦，怎么可能？那难道是我的通信器出错了？

不过，地球人真奇怪呢！死了还要用钱！

店外已经刮起了狂风，刺眼的闪电时不时照亮天际。

我再次把信息反馈给了不太稳定的通信器，两秒钟后便收到了“币种已更换”的信息。

这次总不会再出错了吧？

我再次把手中的货币递了出去，可还是被退了回来：“本店也不接受英镑！”

啊，怎么又错了！

我继续换……

就在我等待着通信器回馈信息的时候，突然，一个响雷重重炸开……

与此同时，我的脑电波突然加速运动起来，一条又一条乱七八糟的信息飞速涌现，应接不暇的我顿时头晕目眩……

脑子里的图像也开始变得杂乱，紧接着它居然中断了对信息的接收！

我这才从眩晕中清醒，痛苦地捂着脑袋，欲哭无泪：“神啊，你这是在耍我吗？”

男生嘴角紧抿着，不解地问：“你说什么？”

“没，没说什么……”我只能硬着头皮干笑，脑子里一片混乱。

现在这个情况我还是第一次遇到，某种不祥的预感在心中发芽。

“那么……现在可以结账了吗？”男生满脸的不耐烦。

情急之下我只好又换了币种……

“美金也不接受。”男生的脸色已经越发难看了，他阴沉着脸，一字一顿地对我说道。

再换……

“越南盾也不可以！”

呃……这也不行那也不行，那到底要什么才可以呀？

“要我怎么说你才明白？本店只接受人民币！”

人民币？所以先前我听到的其实是“人民币”的后两个字，而不是“冥币”？

呜呜，为什么不早说！害我这么丢脸！

“轰隆隆——”

又是一声雷响，通信器传来一阵混乱的电流声……

随即，通信器再次失灵了！

为什么偏偏在这种时候通信器失灵了？人民币啊人民币，你到底长什么样呀？

我只能根据刚才脑海中看到的图片印象，转换着币种，可还是不对。

“你该不会是只带了外币而没带人民币吧？”男生双臂环抱，低下头无奈地打量着我。

“我，我，我……”我把头埋得低低的，不敢看他，“我……不是故意的……”

“你不是‘故意’的，而是‘有意’的吧？”男生深吸了一口气，表情特别平静地从收银台里走了出来，一步步逼近我。

在他复杂的眼神下，我下意识地往后缩了缩。

他俯视着我，高大的身体挡住了我身前的灯光，将我笼罩在他的阴影之下：“小鬼，其实……你是俞海派来捣乱的吧？”他的语气中满是怀疑。

“什么？俞海是什么海？”

我只知道地球上有个有趣的死海，和我们阿尔法星球上的海洋一样，里面的生物无法存活，之前我还一直怀疑，死海的出现，会不会和之前来过地球的其他阿尔法星球人有关呢！

难道这个俞海比死海还有趣吗？

嘴角抽了抽，男生再次深深吸了一口气，才一脸笃定地说道：“别装了！之前俞海那家伙就说过会来进行突击检查，你是他派来监督我的人吧？”

“突击检查？监督？”这是什么意思？

“装得还挺像的嘛，快说，摄像头或者监听器在哪儿？”说着他便开始上下打量我，企图找到他口中所说的那些东西。

他到底在说些什么乱七八糟的呀？我呆呆地仰望着他。

“吱吱吱——”

可就在这时候，我头上那撮可恶的头发竟然不合时宜地左右摆动了两下。

男生一愣，将视线转移到了我的头顶……

我连忙举起手将它紧紧地捂了起来。

（二）

“你头上刚才……”他眯着眼睛看着我，疑惑地问道。

“是，是我的头发！”我边说边不自觉地向后挪。

男生的眼神却瞬间变了，他不知道想到了什么，突然一脸了然的表情，再次逼近：“把你的手拿开！你该不会是藏了隐形摄像头在头上吧？”

“不，不是！”

呜呜，他现在好可怕！

男生没有理会我的辩解，突然把我的手拉开，一把抓住了我头顶的头发。

“啊啊啊！好痛！你要干什么？快放开我！”

我奋力挣扎，可是我这点力气对他来说根本起不了什么作用。

男生不仅没放开我，反而靠得更近了，他俯身靠近我，双手扒拉着我的头发，嘴里喃喃地念叨着：“这摄像头藏得可真隐蔽。”

“这不是摄像头，这只是我的头发！”

我企图把他的手从我的头发上拿开，却无能为力，而且脑袋被压着，我怎么也推不开他。

啊啊啊，气死我了！

突然头顶一痛，我忍不住惨叫了起来：“啊——”

呜呜，好痛！

下一秒，一股强大的电流向我袭来，通信器发出凄厉的“吱吱”声，接着男生便像触电似的把手从我的脑袋上缩了回去。

紧接着一阵诡异的声音响起，眼前的灯光闪烁了几下，随即便有蓝色的电光从我头顶射出，便利店内的电线线路爆发出一串火花，噼里啪啦的爆炸声连连响起，然后便利店的灯突然全部熄灭了。

与此同时，通信器在扫描过我身边的物体时，在我眼前出现的备注全都消失了。

“怎……怎么回事？”

这是怎么了？难道……我的通信器被他给弄坏了吗？

我伸出手再次“啪啪”地拍着自己的脑袋，企图重新唤醒头顶的通信器，可是无论我怎么折腾，它依然一点反应也没有。

呜呜，它不会真的坏了吧？

这样的话我怎么联系星际巴士，又怎么返回母星？

我正心神大乱，一道强烈的光芒直直地照射过来，刺眼的灯光让我立即抬手遮住了双眼。

手腕突然被人用力拽了下来，男生手中握着一个筒状的东西，光芒就是从那筒状的东西里射出来的。

他皱着眉头看着我，墨绿色的双眸在灯光下发出锐利的光芒：“这是怎么回事？”

“那个……”

完了，我该怎么解释刚才发生的一切？

“你到底是谁？”他的声音中透着怀疑，眉头皱得很紧，“刚才从你头上延伸出去的蓝色电光是怎么回事？便利店的电线线路突然短路，是不是跟你有关？”

“我，我，我……”我支支吾吾了半天也想不出该怎么办，“你，你先把光从我眼睛上挪开，晃得我眼睛都要瞎了！”

男生这才把发出光的长筒对准了别的方向，他眯着眼睛一脸诧异地凑近我，声音里充满了怀疑：“刚才你一进来我就觉得奇怪了……”

男生顿了顿，好像想起什么似的又突然说道：“对了！刚才你出现前天空突然出现的那道白色痕迹，是不是也和你有关？”

“什么白色痕迹？”他是说星际巴士飞过时留下的痕迹吗？

怎么办？他一定看出了什么……

我正想逃跑，可是就在这个时候，通信器的警报突然响了起来。

“嘟嘟嘟”的警报声在耳边响起，却像是一道魔咒，让我顿时觉得心都凉了。

因为，只要这个声音出现，就表示通信器会马上进入自动休眠状态，在机体自动修复到最佳状态前，它都不会启动了。

这就意味着……我真的无法返回母星了！

想到这儿，我顿时觉得自己的世界要坍塌了。

“呜呜呜，我的通信器……”

“说啊，你到底是谁？是不是俞海派你来的？”男生似乎一点也没察觉到我的不对，还在一个劲地摇晃着我追问。

我再也无法回到阿尔法星球了！想到这里，我的眼泪终于不受控制地流了下来。

呜呜呜，通信器为什么早不坏晚不坏，偏偏在我来到地球上做任务的时候坏掉了？

我该怎么办？

“喂喂，你哭什么？”终于发现我的异常，男生也变得手足无措了起来。

“呜呜……我……我……”

我回不去了！

在这个完全陌生的环境里，我要怎么样才能生存下去？

虽然我一直很穷，但是在母星上我起码还有一个可以住的地方，而且……呜呜……而且在这里也见不到朋友们，吃不到喜欢的东西了……在通信器自动修复完成之前，我一定会死掉的！

“哇啊——”

人家不要待在这里！

“你，你先别哭呀！”男生似乎很害怕我的眼泪，手脚都不知道该怎么放了，说话也变得磕磕巴巴的。

“呜呜，我……我回不去了！”我抽噎着，越哭越难过。

“回不去？你是路痴吗？”男生头疼地叹了口气，随即语气僵硬地安慰着我，“好了，好了，你别哭了，大不了我待会儿下班后顺便送你好了！”

“送我回家？”

可是，我家在阿尔法星球上，他要怎么送？

“对，送你回家，所以拜托你别哭了！”他伸出来的大手似乎想为我擦泪，却又迟迟没有落下。

他的眉头皱得很紧，似乎比我还要痛苦的样子。

“我家是你到不了的地方……”我抽抽噎噎地回答。

“哼！在这个地球上，只要我想去，还没有我贝里斯去不了的地方！”男生高高抬起下巴，傲慢地说，“除非你是从火星来的！”

“火星距离阿尔法星球也还有很远呢！”

“什么？”

“没，没什么！”

呜，差一点就说漏嘴了，还好他没听清。

“你刚才明明说阿尔法星球什么？”

“你听错了！呜呜……”

讨厌！都这个时候了，他居然还在逼问我！

“喂喂喂，就当我听错了好吗？你别哭啊！”男生慌乱地说着，伸手胡乱地擦掉了我脸上的眼泪。

呜呜，他好粗鲁！

等到我好不容易平静了一点，男生才叹了口气说道：“说吧！有什么我能帮上忙的我一定会帮，只要你别再哭了！”

“真的吗？”我立即伸出手抹了把眼泪，带着浓浓的鼻音说道，“那你得先保证！”

“保证什么？”男生皱着眉头，孔雀石般璀璨的双眸中流露出不耐烦的情绪。

“保证对你接下来听到的东西保密！”

男生翻了一个白眼，眉宇间透露出一丝不屑，但最后他还是对我点了点头。

“其实……其实我不是地球人！你刚才没有听错，我确实说了‘阿尔法星球’这几个字，因为我就是从那里来的！”

……

男生顿时愣住了，他默默地看了看我，似乎在确定我是不是在跟他开玩笑……

下一秒，他突然“扑哧”一声笑了出来。

（三）

“你笑什么？”我都已经这么惨了，他居然还笑话我。

想到这里，我的眼泪便忍不住再次溢出了眼眶。

“没，没什么，求你千万不要再哭了！”大概被我的表情吓到了，男生连忙收起了脸上的笑意，一边递纸巾给我，一边带着一脸古怪的表情轻声安抚着我，“好吧，你说你是阿尔法星球上的人就是阿尔法星球上的人。不过我问你，你是怎么从阿尔法星球来到地球上的呢？”

“乘坐星际巴士啊！”这个他刚才不是说看到了吗？

……

男生递纸巾的动作顿了顿，他的身体微微抖动起来：“小鬼，你没发烧吧？”他边忍笑还边伸出手放在我的额头上。

我气呼呼地推开了他的手：“你才发烧呢！我……”

“好，好，好，就算你真的来自那个什么阿尔法星球好了！那么，请问外星人小姐，是谁派你来地球上捉弄我的？”

暗淡的环境里，少年墨绿色的双眸却格外明亮，闪动着戏谑的光芒。

“没人派我来捉弄你，我……我这次来地球是要完成任务的！”

“哦？可以告诉我你的任务内容吗？说不定我可以帮到你！”少年的语气中带着明显的诱哄意味。

反正也不会比现在的情况更加糟糕了，我便把自己来地球的目的告诉了他，然后……

“哈哈哈……到地球来买泡面的任务，哈哈哈……”少年捂着肚子哈哈大笑，手中的光随着他的动作一晃一晃的，单束的光线一下落在地面，一下落到天花板上。

他怎么可以这样？他说了不笑我的！

“呜……”

见我又开始哭了起来，少年连忙停止了笑，双手胡乱摆动着转移话题：“对不起，对不起，咯咯……那你现在的任务完成了吗？”

……

他一定是故意的，明明知道我的任务无法完成了。

我看着柜台上那一堆的泡面，忍不住放声大哭了起来：“哇啊——”

“喂，你怎么又哭啦！拜托你别再哭了好不好？”男生更加慌张了，他直接把手里握着的纸巾轻拍到了我的脸上，胡乱地擦拭着，“要不，你告诉我为什么完不成了？我看看能不能帮你……”

“我……我的通信器坏掉了，现在没办法联系到星际巴士，返回母星。所以……呜呜，在通信器完成自我修复前，我要被流放到地球上了……”

“喂，你够了！开玩笑也要适可而止！我的忍耐可是有限度的！”男生一脸不愉快地看着我，接着从口袋里拿出一个白色的金属薄板按了几下，然后把它贴在了耳边。

“喂，俞海吗？”过了一会儿，他突然对着那个金属薄板说道。

这一定就是地球人的通信器了！

原来“俞海”是一个人的名字！我隐约听到有声音从那个金属薄板中传出来，应该就是那个叫俞海的人吧！

“你这个玩笑开得太过分了吧？就算我打赌输掉，答应给你代班一个晚上，你也不用找个这么难缠的小鬼来戏弄我吧？”

……

“少装无辜了，你敢说这个小鬼不是你找来的？说什么自己是外星人，现在竟然还搞得电路短路了！这下好了，反正没电也没办法继续营业，帮你代班的事情就到此为止吧！”

“通信器”里发出一声凄厉的哀号声，随即，男生不屑地扬了扬眉，露出一个邪恶的笑容：“我管你！你要死就去死好了！”

说完，他按了一下通信器，把它塞进口袋里，才瞥了我一眼说：“说吧，俞海给了你多少钱？我付你双倍，然后你现在就可以回去交差了！”

“什么？”什么交差？呜呜……他到底在说什么？

“别装了，你以为我会相信你说的话吗？什么从阿尔法星球上来的，我看……阿尔法星球是你们精神病院的名字吧？”他用怀疑的目光再次上下打量了我一遍，“再说了，难道UFO不是该坐飞碟来的吗？那个星际巴士是什么东西？而且，你长得跟ET一点也不像，所以休想骗我！”

“优诶佛欧……伊踢……那些是什么东西？”地球生物的语言果然很难理解。

男生叹了口气：“看来病得不轻！”

他这是在质疑我的身份吗？我鲁霏霏看起来像是喜欢说谎的人吗？真是太可恶了！

想到这，一串火苗便“呼啦啦”地在我的心中燃烧了起来。

“我没有病！而且我也没有骗你！”我愤愤地对他大吼道。

可是吼完后，想到再也回不去了，我便又忍不住伤心地哭了起来。

讨厌的家伙，我都已经这么倒霉了，他居然还觉得我有病！

你才有病呢！呜呜……

最后，在我的哭号声中，男生的眉头越皱越紧……

终于，他深吸了一口气后，痛苦地对我说："我相信你来自阿尔法星球行了吧？你不是说你现在没办法返回你的星球了吗？现在只要你答应我别哭了，我就勉为其难，让你在我家住到你离开地球为止，这样总行了吧？"

"住你家？"听到这句话后，我猛然抬起头看着他，迅速收起眼泪，吸了吸鼻子，"你是说真的吗？"

"呃？"他好像这个时候才意识到自己说了什么，表情有些懊恼，过了一会儿才不情不愿地点了点头，"真的。"

反正短时间内我也不可能回阿尔法星球了，就勉为其难答应他先住进他家吧。

"那……"我看向柜台上那堆泡面，不好意思地指了指，抽噎着不好意思地说道，"那……那些东西我可不可以带走？"

这样的话，等到我的通信器自动修复后，我就可以直接把它们带回去交差了……

听到我的话，男生的脸瞬间抽搐了，半晌，他才一脸不耐烦地挥了挥手："随你，随你！"

"答应了就不许反悔哦！"我抽噎着，再次向他确认。

"我贝里斯说到做到，绝不反悔！不过拜托你别再哭了！"

"我，我叫鲁霏霏。"我用袖子胡乱擦了擦脸上的泪水，小声说道，"贝李子你好，很高兴认识你！"

"是贝里斯！听清楚了吗？贝里斯！你才李子呢！"他瞪着我，一字一顿地重复道。

“对不起。”

贝里斯没好气地白了我一眼，然后从口袋里又掏出了那个白色的通信器，并且开始对着它说话。

他这又是在干什么？我不解地看着他。

他无奈地瞥了我一眼，背对着我继续着他的动作。

不久后，一辆长长的黑色车子停在了便利店门前。

（四）

车子驶出去没多久，便停在了一栋特别大气的建筑面前，我知道这应该就是地球人所谓的“家”了。

“哇！这是我见到过的最大的家了！”我不禁感叹道。

“这是我家，你应该说这是你见过的最大的房子！”贝里斯轻描淡写地回答。

好吧，房子就房子！

“只有你一个人住在里面吗？”我从车里爬出来，看着眼前比我在阿尔法星球上的家要大了几十倍的房子。

贝里斯抿了抿嘴，继续说道：“还有一些仆人，但我不喜欢被别人打扰，所以把他们安排在了别院里。”

天啊，没想到地球人就连住的地方都这么大！

贝里斯说着，伸手在门旁的一个黑色屏幕上按了几下，门就神奇地打开了。

换鞋进屋后，他拿起一个小小的东西轻轻按了一下，挂在墙上的那个巨大的黑框屏幕便“啪”的一声亮了，随即里面就有人类的声音传了出来，还有人在屏幕里走来走去……

“呃……这是什么东西？”为什么会有人类被关进这个黑匣子呢？可是这个匣子这么薄，怎么可能装得下人呢！

“那是电视，里面的东西都是假的。”贝里斯说着，径自往楼上走去，边走边头也不回地对我说，“你先在这儿等我，我去换件衣服。”

“哦，好的。”

现在，这偌大的空间里就只剩下我一个人了，我在原地站了一会儿，便开始四处参观起来。

房间的天花板上有一盏比人还高的暖黄色吊灯，不过，让我不解的是，人类为什么要把这么一大串的透明石头吊在灯光周围呢？

“难道这样灯会比较亮吗？”我嘀咕着。

还有那些造型奇怪的摆设，以及墙壁上挂着的那些花花绿绿的框架，虽然搞不明白用途，但是整体看上去很特别的样子。

最让我好奇的还是那个叫“电视”的黑盒子，不仅可以看到人，我居然还看到蓝色的电流从它的内部经过，还有客厅的角落摆着的一些形状不同的黑盒子，虽然我不知道它们到底是什么，但是那些蓝色的电流让我莫名地觉得亲切。

我慢慢朝那个叫电视的黑盒子靠近：“希望这个蓝色的电流可以帮我联系上星际巴士……”

电视里面的图像还在不断地变化，可就在我离它还有几米的距离时，电视内部的蓝色电流和我身体里的电流却突然连接了起来……

我只觉得手一颤，下一秒，突然传来“啪”的一声，电视里面的人和他们发出的声音都消失了。

蓝色的电流也消失了，电视又变回了原来的模样。

“咦？它怎么突然不动了？”

不仅这样，电视里面还冒出了一缕青烟，我凑近嗅了嗅，忍不住打了个大大的喷嚏。

我连忙后退了一步，惊慌失措地看向四周，这时候我好希望有人能告诉我这究竟是怎么一回事。

可是很快，我的注意力就被地上那个转动着的、像玩偶一样可爱的小东西吸引了。

“哇，这是什么啊？”

它发出“哧哧哧”的声音四处移动着，经过的地方地面都会变得干干净净的。

“好神奇！”

我凑近，正想看看它到底是怎么工作的，只听又是“啪”的一声，它便不动了，一团黑雾从它的身体里冒了出来。

原本还趴在地上盯着它的我立刻被吓得站起身往后退了好几步，身体不知道撞到了什么，结果身后立刻又传来了一连串的“啪啪”声。

“怎么办？怎么办？”我彻底被吓坏了！

虽然不明白到底发生了什么，但是我想，这应该不会是好事。

“你在干什么？”身后突然传来低沉的怒吼声。

我僵硬地回头，就见贝里斯已经换了一套黑色的宽松衣服，此刻正目瞪口呆地站在我身后不远处。

“鲁霏霏！”贝里斯咬牙切齿地瞪着我，几个跨步就来到了我身边，把我拖到了距离那些正在冒着烟的东西几米远的空地上。

“我……我也不知道它们为什么……会突然变成这样……”

我站在贝里斯面前，把头埋得很低，不敢看他。

虽然我什么也没做，但是不知道为什么，还是有点心虚。

贝里斯伸手把我的脑袋抬了起来，迫使我不得不看向他。

此时他墨绿色的双眸中隐隐闪烁着暗红色的火光，他沉着脸盯着我，一字一顿地说道：“你刚才到底做了什么？”

“我，我不知道。我只是觉得它们身体里的电流很熟悉，想靠近看看它们究竟是什么东西，可是还没靠近，它们就‘啪’掉了！”我不安地躲避着贝里斯的视线，小声解释着，同时向后退去。

“真的？”贝里斯看着我的眼神还是充满了怀疑。

“真的！”我用力地点了点头。

“如果你什么都没做的话，它们怎么会突然变成现在这样？”贝里斯说着，一步步向我靠近。

他想干什么？他该不会是想拿我出气吧？

“我……我也不知道。”

我下意识地继续往后退，可是当我的脚跟碰到身后一个硬物的时候，那个熟悉的声音再次响了起来：“啪——”

呃……鲁霏霏，你完蛋了！

“对不起……”呜呜，我怎么这么倒霉！

我小心地看向贝里斯，却见他瞪圆了双眼，一脸见到怪物的惊愕表情。

咦？他怎么了？

“你刚才说看到电流？”贝里斯继续看着那正在冒烟的黑色匣子，头也不抬地喃喃道。

“嗯！因为很像我使用通信器时看到的电流，所以……我想看看能不能通过它回去。”

贝里斯定定地看着我，眉头深锁，好像在思考着什么，过来好一会儿他才一脸严肃地问：“难道……你真的是外星人？”

他的话就像是一道闪电狠狠地劈在了我的脑门上，我不满地瞪他：“原来你之前根本没有相信我说的话！”

“这种事情，一般人都不可能那么快相信吧！”贝里斯叹了口气，“不过，不管你来自外星还是来自哪里，反正以后你不准再靠近我家的电器了！”

“什么是电器？”

“就是这些。”贝里斯指了指刚才发出“啪”声的黑匣子。

见我一脸茫然，他又详细说明了每个“电器”的作用，接着还给我简单介绍了每个房间的作用，包括哪些房间是绝对禁止进入的，比如他自己的房间。

“这间房以后就给你用了！”贝里斯领着我到了楼上的一个房间门前，伸手推开房门对我说。

一股淡淡的清香扑面而来，我一眼便看到了房间正中央那张几乎可以同时睡下四个我的白色大床。床上铺着白色的被子，看上去就让人忍不住想要跳上去体验一下它的柔软。

床的左边是一扇巨大的落地窗，浅金色的窗帘在灯光下闪耀着细碎的光芒。离落地窗不远处摆放着一张精致的茶几，茶几上的花瓶里还插着开得正绚烂的白色花朵，进门时扑鼻而来的香气大概就是从这儿散发出来的。

“哇，好漂亮！”单单这一个房间，已经比我在莫多里斯的家都要大了。

呜呜呜，鲁霏霏，你简直太幸运了！原本以为要流落街头了，没想到居然会被人收留，而且还可以住这么好的房间。

“贝里斯，谢谢你！”看着眼前精致的房间，我忍不住跑到他的身边，拽着他的衣袖向他道谢。

贝里斯轻哼了一声说：“不客气！”

美好的居住环境让我差点就忘记了自己今天的悲惨遭遇，但是很快，我就知道自己开心得太早了！

（五）

此刻，在怎么也解释不明白“洗澡”是什么意思后，贝里斯一脸鄙夷地带着我走进了我房间里面的一个小隔间，他说这叫“浴室”。

他一边放水，一边亲自向我“示范”到底什么叫洗澡……当然，他所说的示范并不是真的在我面前洗了一个澡，而是按照步骤演示了一遍。

看着他的动作，我顿时恍然大悟：“啊，你说的是给身体除菌吗？”

贝里斯这才松口气，站了起来：“呼，看来你都知道。那你还有什么问题吗？没有的话我就先走了。”

“有问题，有问题！”

当然有问题，问题大了！

天啊，这些奇怪的地球人居然用水洗澡，真是太奇怪了！

把自己的身体泡在水里，这样真的很可怕！那种感觉，光是想想我都快起鸡皮疙瘩了。

为什么地球人不能学我们阿尔法星球上的人类那样，靠紫外线杀菌呢！

“怎么了？有什么不会使用的吗？”贝里斯回头，安静地看着我。

“贝里斯……”我回视着他，一脸认真地说道，“我不想洗澡！”

“为什么？”

要怎么跟他解释才能说得通呢？

我想了想，觉得说出来后他一定会无法接受，所以我只是说：“反正我就是不要洗！”

贝里斯的脸色瞬间变得很难看，他沉声咬牙道：“不洗澡就不准上床睡觉！”

“我不要，打死也不要！”说着我便想离开浴室，谁知衣领却被贝里斯从后面一抓，我被扯了回来。

“鲁霏霏，你不要挑战我的忍耐极限！”贝里斯咬牙切齿地说。

我扭动着身体，使劲挣扎着叫道：“你们地球人这是什么坏毛病呀，非要把自己泡在水里才舒服吗？”

我明显看到贝里斯额头上青筋暴起，他停顿了半晌后才继续说：“不洗澡才是坏毛病！最讨厌脏鬼了！废话少说，你赶紧给我过来！”

“不要！我不要洗澡！”听到他这么说，我赶紧抓住了身旁的门锁，往门后缩了缩。

贝里斯看着我呼了一口气，才勉强控制住情绪：“如果你不洗澡，并且不换掉这身奇怪的衣服的话，就别留在我家。”

“不待就不待，我就不信我找不到其他住的地方！哼！”我说着，使劲挣脱了贝里斯的束缚，往外走去。

大不了我就去住救济站！哼！

“你就不怕被坏人抓去实验室，像青蛙一样被解剖吗？”贝里斯没有追上来，只有冰冷的声音从我身后传来。

“什么是青蛙？青蛙被解剖是什么模样？”虽然不知道他说的是什么，但是某种不太好的直觉让我停下了脚步。

“你等等！”贝里斯说着，快步离开了浴室。

我正奇怪他去干什么了，贝里斯便再次出现，只是这次他的手上抓着一块薄薄的金属板子。

他在金属板子上随便点了几下，那板子便像之前的电视一样亮了起来。

像是看出我的疑惑，贝里斯头也不抬地继续在那块板子上点着，嘴里解释道：“这个叫平板电脑，里面存储着很多东西，你可以拿它和别人聊天什么的，也可以存储信息……”

“那不就和我之前坏掉的通信器一样？”

不过，这跟我刚才问他的问题有什么关系吗？

“可以这么说！”贝里斯说着，又在平板电脑上点了几下，才将屏幕转向我，“看，这就是青蛙被解剖的模样。”

“这是什么？”我伸手想去触摸屏幕上那只奇怪的绿皮生物……

“等等！”贝里斯连忙叫，可是……已经晚了！

“啪！”

熟悉的声音响起，又是一阵烟雾缓缓升起，下一秒，平板电脑的屏幕也黑了。

看着贝里斯铁青的脸，我自觉理亏地低下了头：“对不起……”

……

沉默……

沉默……

不知道沉默了多久，贝里斯随手将坏掉的平板电脑放到了旁边的架子上，再次深吸了一口气，问道：“现在你可以去洗澡了吧？”

“我不想洗……”我低着头，用脚尖蹭着眼前的地板，小声回答。

“你！”贝里斯气急，我明显听到他的呼吸在变得急促，半晌，他才深吸了一口气说，“你还想离开我家？”

“不想。”

“那就去洗澡！”

“可是……”

“如果你不洗澡，就会被赶出我家。一旦离开我家，你不仅有可能被人解剖，还很可能以后都会没东西吃，你想一直在外面流浪，然后被饿死吗？”

没东西吃？那怎么行！

“我……”好吧，我就是那么没用，一提到吃的我刚才理直气壮的语气便立刻弱了下来。

可是……我真的不能碰水啦！

“乖乖给我去洗澡！”浴室里暖黄的灯光打在贝里斯的身上，他的嘴唇微抿着，眉头好不容易才稍微舒展开。

此刻他挽着衣袖，边说着还边细心地把手伸进水里帮我试温度，我不禁微微失神。

可是，就在下一秒，可恶的贝里斯居然拉过我的手就往水里放：“你自己试试水温可以……”

“啊——”

尖锐的惨叫声瞬间响彻了整栋别墅，我像是触电了一般迅速弹开，并且迅速地扑进了贝里斯的怀中，贝里斯一个不察，被我直接撞倒在地。

与此同时，随着“啪”的一声巨响，灯光齐灭，无边无际的黑暗瞬间将我们吞噬。

沉默，沉默……

不知道过了多久，贝里斯的怒吼声再次在漆黑的浴室响起：“鲁霏霏！”

“对，对不起……”我低着头道歉，但此刻我知道，道歉也弥补不了我造成的灾难了。

好半晌没听到贝里斯的回应，我奇怪地抬起头，却直直地对上了贝里斯的眼睛……

月光下，他的双眸闪耀着妖异的墨绿色光芒，像是小时候我在猎人书籍中看到的某种神奇精怪……

此时，他低头看着我，语气中带着叹息：“我开始怀疑收留你是不是一个错误了！”

“那个……今天的情况真的是意外！”

呜呜，他不会打算把我赶出去吧？

“这还叫意外？那么请问在你的生命中，什么才不算意外？”贝里斯说着，嘴角微微上扬，露出一个带点讽刺的笑容。

见他似乎不相信我，我连忙解释：“真的，今天的情况应该是我还没有适应地球上的波长，等我适应了，就不会出现这种情况了。”

“最好是这样！”他气闷地回答后，四周便又陷入了一片宁静，耳旁只听得到贝里斯沉重的呼吸声，还有……还有不知道从哪里发出的“扑通扑通”声。

“喂，你还要在我身上压多久？”不知道过了多久，贝里斯低沉的声音再次在我耳边响起。

可是我现在根本没有心思仔细听他到底在说些什么……

“贝里斯，是不是有人在敲门呀？”

“你听错了。”

“你仔细听听，有没有听到‘扑通扑通’的声音？”

“没有！”贝里斯根本没仔细听便急着否认。

“扑通——扑通——”

咦？这个声音好像不是从门那里发出来的，而是离我更近的地方，难道……

是贝里斯的心跳声？不过他的心跳为什么变得这么奇怪呢？

第二章

Alpha Girl Star

CHAPTER 02

外星少女地球初体验

（一）

月光下，贝里斯墨绿色的双眼中仿佛氤氲着一层柔和的水光……

我的心一颤，想到那奇怪的心跳声，忍不住问他：“贝里斯，你是不是快死了？”

“你才快死了！”

怒火再次在他的眼中燃烧了起来。

“可是你的心跳好快哦！”

“我，我们地球人的正常心率就是这样，你一个外星人懂什么！”

“真的吗？”可是他为什么突然结巴了？

“鲁霏霏，你要么就从我身上下去，要么就别把你的脸往我的衣服上蹭！”贝里斯没有回答我的问题，突然咆哮起来。

他这是在嫌弃我吗？呜呜呜……

不过贝里斯的身上有一种香香的味道，好好闻哦。

“喂，你没听到我说的话吗？”贝里斯边说边伸出手想把我从他身上推开。

“我不要，等我让开了，你肯定又会把我推进水里的！”我委屈地说道，双手双脚更加用力地缠住了他。

“鲁霏霏，你到底是不是女的？”贝里斯怒吼，好看的眉头再次皱了起来。

“是啊！”

“你……”他深吸了口气，“我最后问你一次，你到底下不下去？”

“不下！如果你还逼着我洗澡，我就一直不下！”

“算你狠！”贝里斯几乎是从牙缝里挤出了这三个字。

看他恼怒的模样，我原本还担心他会不会一怒之下把我抛进水里，可是事实证明我想多了。

他沉默了半晌，最终只是换上一副被打败的表情，对我说道：“我不逼你了，这样总可以了吧？”

“这还差不多！”

“喂，小鬼，你到底为什么这么讨厌洗澡呀？”

等待维修人员修理电路的时间，贝里斯坐在客厅的沙发上边玩“游戏”边问我。

如果我不告诉他真正的原因，说不定他下次还会像今天一样吓我。

算了，我还是费点心解释清楚给他听好了！不过嘛，他要是不相信就不能怪我了。

“因为我的身体不能泡在水中啊！猎人协会的前辈们在我们很小的时候就一直告诉我们，去别的星球执行任务的时候一定要远离水源，因为我们的身体一旦泡在水里就会发生变化，会死掉的！”我窝在旁边的沙发上，眼巴巴地盯着贝里斯手中的“手机”。

那上面的游戏好像很好玩的样子……可是贝里斯不让我玩，也不准我靠近，因为他担心我会把他的手机也“报销”了。

此刻，手机屏幕的光芒照在贝里斯的脸上，他的睫毛在光芒的照射下就像一双扇动着的小翅膀，不知道玩到了什么，他嘴角带着些许笑意，得意地向上扬起。

“好歹你也找个靠谱一些的借口吧，不讲卫生就直说，什么遇水就会死掉，夸张！反正你也不是和我一起睡，我勉强勉强也还是能接受的！”他抬头看我一眼，嘴角带着一丝嘲笑。

“我说的都是真的！”我激动地坐直了身体。

我就知道他会是这个反应！哼！又让我说，我说了他又不相信！

“就当是这样好了，那你们平常是怎么清洁身体的？难道一辈子都不洗澡？”不知道想到了什么，贝里斯的脸色突然变得煞白，好像随时都会吐出来。

“才不是！”

哼，我们阿尔法星球上的公民才没那么邋遢呢！

“我们可是公认的最爱干净的星球公民之一。哼！我们出入任何场合都要用紫外线除菌的。”我越说越生气。

不过，这里条件不一样，我以后只能用湿毛巾擦擦身体好了。

说话间，随着“嘟嘟嘟”的电器启动声，房间里恢复了一片灯火通明。

“好好好，你别激动，待会儿再把什么东西烧掉就不好了！”贝里斯一脸无奈地说着，伸手挡了挡脸。

“哼！”我也下意识地闭了闭眼，伸手挡住了刺眼的灯光。

“鲁霏霏，算我拜托你了！在你适应地球的波长以前，拜托你别再动不动就生气了，也不要再靠近家里的电器了，可以吗？”贝里斯收起手机，一脸无奈地对我说。

呃……看来他已经被我折腾得快要崩溃了。

“知道了！”我沮丧地举起双手，投降。

“知道了就赶紧去睡觉吧！”贝里斯说着，站了起来，挥手让我回房。

我刚走到房门口，只听“啪”的一声响，房间里的灯再次熄灭了！

“呀，这次不关我的事！”我连忙转身朝着客厅的方向，对黑暗中的贝里斯解释。

贝里斯的声音从客厅的一角传来：“没人怪你，是我把电闸拉了！”不知道是不是我的错觉，他的声音似乎带着笑意。

“咦？”电闸是什么？

像是听出了我的疑惑，贝里斯叹了口气说道：“电闸就是电路的开关。关掉以后，电流就会消失，你也不会再因为控制不住自己而破坏电器了。”

“哦，原来是这样！”

可是，他这么做明显就是不相信我嘛！哼，小气的家伙！

摸索着回到房间后，我便一直在大床上翻来覆去，手指无意识地揉捏着头顶的头发。此时此刻，我的心情有点儿复杂。

没想到我就这么被留在了地球上，但还好，我遇到了贝里斯，不然我还真不知道该怎么办了。虽然那个家伙脾气好像不是很好，人却好像不错呢！

不过，地球人真奇怪，便利店店员都可以住这么大的房子！

（二）

吸气……呼气……吸气……

这是什么味道？好香！

清晨，本来还想赖床的我被一股不知名的香味吸引，不知不觉便顺着那香气，迷迷糊糊地来到了客厅。

电视里传来的说话声打破了清晨的静谧。

“奇怪，那个电视昨晚不是被我弄坏了吗？怎么现在又有人在里面说话、走动了？”

难道它也和我的通信器一样可以自动修复吗？哇，好神奇！

我兴奋地跑上前想一看究竟，可我刚一迈出脚步，就被不知道什么时候出现的贝里斯扯着衣领拉了回来。

“站住！忘记你昨晚答应我什么了吗？”

“我只是想看看它怎么突然又可以运转了……”我无辜地吐了吐舌头。

如果不是他提醒，我还真忘记了！

我转头看向贝里斯，发现他一手托着一个餐盘，另外一只手抓着我的衣领，头发有点凌乱，头发软软地覆盖在他的额头上。

那双墨绿色的眸子现在正警惕地盯着我：“你要是再敢把我新买的这套电器弄坏，就别怪我把你送进实验室里让人解剖。”

解剖？

想到昨晚看到的画面，我不自觉地打了个大大的寒战，连忙乖乖地立在了原地。

“就这样站着，在我说可以之前，不准动！”贝里斯凶巴巴地说完，将餐盘随手放到了餐桌上，便往厨房的方向走去。

“少爷，还有什么需要我做的吗？”中年妇女的声音从厨房门口传来，我这才注意到，原来还有其他人在。

那个女人一身黑色的套装，扎着白色的围裙，脸上的表情很温柔。

贝里斯回头看了我一眼，叹了口气，似乎有点为难。想了想，他随意挥了挥手，对中年妇女说道："没事了，您先出去吧！有事我再叫您！"

"是，少爷！"中年妇女点了点头，又转头朝我鞠了个躬，脸上带着一丝笑容离开了。

贝里斯转身不知道在厨房捣鼓着什么，再次出现的时候，手上又捧了一个餐盘，餐盘上面还放着几盘散发着诱人香气的食物。

那香气正是我刚刚闻到的气味，我忍不住吞了吞口水：好想吃……

"别动！"见我视线一直跟随着他，眼看就要迈步，贝里斯连忙提醒。

他说着，放下餐盘，又跑去餐厅拿了一张凳子和一个小小的板凳，他把那张凳子放在客厅和餐厅之间——距离家里的电视以及其他电器最远的地方充当桌子，然后把盘子放在了凳子上面。

"以后在家里，这个小板凳就是你的固定座位了，不可以随便走动，知道吗？"

"为什么呀？"

就算这里是他家，也不能这样限制人身自由吧！

"就凭你昨晚弄坏的那些电器！"贝里斯根本不理会我的抗议，甚至连看都不看我，便冷冷地说。

想起昨晚那些东西，以及等待线路修好时贝里斯按照阿尔法星球的行情跟我换算的那一长串的数字币金额，我便顿时蔫了！

好吧，坐这里就坐这里吧！

显然我的态度取悦了贝里斯，他满意地点了点头，指着小凳子上的东西对我说："这就是你的早餐！"

我的视线随着他手指的方向转移，看到盘子里的食物时，我忍不住"咕咚"一声咽了一口口水。

“哇，看上去好好吃的样子！”

啊呜……

真的好好吃！虽然不知道这些食物叫什么，但是味道真是一级棒！

咦？这个乳白色的东西是什么啊？

我试探性地舀了一点儿放进嘴里尝了尝，很快一股浓郁的奶香便在舌尖蔓延开来，我瞬间感觉自己的世界里开满了粉色的小花朵。

刚才被贝里斯那一席话影响的心情瞬间恢复，此时，我的心被这个甜美的味道塞得满满的。

“这是什么？好好吃！贝里斯，你以后可不可以每天都做？”我激动地指着盘子里那一小团乳白色的东西望着贝里斯。

贝里斯一脸无奈地看着我：“那是夏威夷果磨出来的果酱，用来涂抹在食物上增加味道的。”

“虾味鱼果？是长得像鱼一样的果子吗？”说着我又迫不及待地舀了一勺塞进嘴里。

“是夏威夷果！”贝里斯一字一顿地强调，见我还是一脸懵懂，他转身去厨房，拿了一颗棕色的小圆球出来递给我。

“咦？这个怎么不一样？”我把它拿到眼前仔细看了看。

难道这才是果酱原本的模样？不知道是不是一样美味呢？

这样想着，我下意识地把果子抛进了嘴里，下一秒，我差点被噎死。

“这就是夏威夷果……喂，还不能吃——”贝里斯想要阻止，已经来不及了。

“咯咯咯……”我捂着自己的喉咙，痛苦地咳嗽着。

这个果子怎么会这么硬？就算这是果酱原来的样子，差别也太大了吧！

“你这个笨蛋！”贝里斯连忙用力地拍打我的后背，“你是白痴吗，什么东西都敢往嘴里塞？这个要把外壳剥掉才可以吃的！笨蛋！”

贝里斯一副手忙脚乱的样子，一会儿捏开我的嘴，一会儿拍打我的后背。

“咯咯咯……”

别再拍了！再拍下去，我就算没被噎死，也会被你拍死的。

我痛苦得眼泪都要掉下来了，双手在空中乱挥，已经咳得上气不接下气，根本不能正常说话了。

好不容易贝里斯的动作才停顿下来，我勉强长舒了口气，正想开口，下一秒，只听“啪”的一声响，我整个人都被拍得往前一伏……

眼前只看到很多金色小星星，我一口气提不上来，憋得眼泪都出来了，才终于感觉喉咙一痛，随即便是不断咳嗽：“咯咯咯……”

那颗卡在喉咙里的夏威夷果终于被我咳出来了。

“好了没有？”贝里斯扳住我的肩膀，焦急地想要看我的脸。

害怕再被他拍几下，我连忙点头道：“好了，好了，咯咯……”

差一点就要死掉了！

我躬着身子大口大口地呼吸着，到现在还心有余悸。

这个突发的小插曲把贝里斯也吓得够呛，他终于大发慈悲地决定不再摧残我了。

少了贝里斯在一旁，我胃口大开，心情也跟着再次舒畅了起来。

呜呜，没想到地球人的食物这么好吃！

“你不喜欢吃蔬菜吗？”不知道过了多久，我吃得差不多了，耳边再次传来了贝里斯低沉的声音。

我一抬头，就见他又出现在我身旁，我抬头看了看餐桌的方向，就见桌上的餐盘已经空了。

他怎么这么快？

此刻贝里斯正皱着眉头看向被我拨到一旁的绿色叶子，我疑惑地也看了看，然后问：“这个叫蔬菜？”

这明明就是一堆杂草呀！

“不准浪费食物，把它全部吃掉！”贝里斯说完，伸手拿过我手中的筷子，把被我拨到一旁的叶子又全部拨了回来。

“我才不要吃草……”

哼，地球人才爱吃草，我们阿尔法星球人才不吃草呢！

“扑哧——”

贝里斯乐了，笑得眉眼都弯弯的，整个人都笼罩在柔和的晨光里。

等到笑够了，他饶有兴致地拖了张椅子到我面前，抱住椅背反坐下，下巴架在椅背上，问我：“那在你们阿……阿尔法星球，你都吃些什么？”

“嗯……”我认真地想了想，“吃肉啊，各种美味的肉，还有咬起来‘嘎嘣嘎嘣’响的豆子、果子。反正我不要吃草就对了。”

“难道你们的星球上，资源贫乏到连绿色植物都没有吗？”贝里斯懒洋洋地趴在椅背上，嘴角带着慵懒的笑。

“当然有啊！”我不满地辩解，“不过这种绿色的草吃多了，皮肤会变成绿色的，我才不要呢！”

“哈哈哈……”贝里斯不知道想到了什么，突然哈哈大笑起来，露出一口整齐漂亮的白牙。

我的话有那么好笑吗？

“所以说，你们外星人的皮肤真的会变成绿色的？”笑够了，他轻咳两声，收敛了脸上过于的笑意，一脸兴味地问道。

“你才是绿色的，哼！”

别以为我看不出来他在笑话我。

“你不是说吃了蔬菜会变成绿色吗？”

“都说了我们从来不吃这些东西！咯咯咯……”

一个激动，我又被呛到了。

贝里斯连忙把我面前装满了乳白色液体的杯子塞到我的手里：“快，喝点牛奶！”

“我不要喝这个，咯咯咯……”我说着，把杯子放回了凳子上。

“说吧，这次又是什么原因？”贝里斯叹了口气，无奈地问。

“我们上猎人课程的第一节课，长老们就告诫过，在外星球执行任务的时候，除了清水，其他任何液体都尽量不要碰，否则奇怪的液体很可能毁掉我们的身体！”我一边说着，一边把盘子里最后一点夏威夷果酱刮下来，塞进了嘴里。

呜，怎么可以这么好吃……

贝里斯皱起了好看的眉：“你们星球的怪毛病还真多！”

我还在回味夏威夷果酱的美妙滋味，决定暂时不跟他计较。

“贝里斯，你可不可以答应我一件事情？”

“什么？”

“呃……你以后可不可以每天都给我吃这种果酱？”回味起它的味道，我便满足得整个人都快飘起来了。

“要想每天都能吃到好吃的夏威夷果酱，没问题！但是……”贝里斯居高临下地看着我，得意地伸出手指点了点我的脑袋，“你必须乖乖听我的！”

“嗯，好！”

在美食的诱惑下，不管什么要求，我都会努力做到的。

“记住你的话！”贝里斯深深地看了我一眼，起身离开。

（三）

在贝里斯家里待了两天，又牺牲了几件家电后，我终于成功地习惯了地球的电波波长，总算不会控制不住地烧掉家里的电器了。

而贝里斯，大概是因为我出现的那晚发生的状况太多，他也趁着周末休息的这两天，细细地和我讲解了一些在地球上生活要注意的事项，比如说地球人的生活习惯和一些基本情况什么的。

怕我不理解，贝里斯又忍痛拿出了家里的备用笔记本电脑，在最终又被我报销了一台笔记本电脑、一台投影仪以后，我总算对地球人每天要做的事情知道了一个大概。

“砰砰——”

星期天下午，我正趴在床上睡午觉，房门突然被敲响了。

我迷迷糊糊地从床上爬起来，打开房门，就见贝里斯站在门外。

“走，我带你去逛街，买些换洗衣服之类的，顺便验收你这两天的学习成果！”

“啊，嗯……哦！”我大大地伸了一个懒腰，从柜子里拿了我的衣服就想去洗手间换……

“等等。”贝里斯却突然伸手把我揪回到他面前，双眼扫视着我手中的衣服，皱了皱眉，说，“你就打算穿这套衣服出去？”

“对啊！”

有什么不对吗？

我看看手中银色的金属连体装，这可是我最喜欢的一套衣服，而且除了这套衣服，我现在也没有其他衣服穿啦！

听到我的回答后，贝里斯立刻叹了一口气，翻了一个大大的白眼：“你想吓坏别人吗？”

“那前天怎么不见你被吓到？”我不服气地反驳。

说得好像我在外面没穿过这件衣服一样。

“我虽然没被吓到，但是已经做好了如果有什么不对，就立刻把你踢出去的准备！”贝里斯毫不留情地说。

我顿时想到了当时他那个奇怪的眼神，难道他根本不是因为我没看到放在门口位置的泡面而奇怪，而是因为我的装扮吗？

呜呜，好丢脸！

“可是，就算这件衣服很奇怪，但是我……没有其他的衣服穿了呀！”

我低头看了看身上穿着的贝里斯的睡衣睡裤，下意识地抬腿撩了撩裤腿，虽然贝里斯说这套衣服他已经穿不下了，但套在我身上还是大得离谱。

尤其是裤子，好像随时都会掉。

难道他打算让我穿着这样的衣服出门？

贝里斯看到我的表情，无力地叹了一口气，轻声说：“算了，你等一下吧！”他说完，快速离开了房间。

过了一会儿，他再次出现的时候，手上已经拿着一套荧光绿的衣服。

“这套球服是我初中篮球比赛时获得的奖品之一，但是太小了，就一直没穿。你今天先穿这套衣服跟我出去吧，我在楼下等你！”

他将衣服塞进我的怀中，便再次离开。

于是，我就这样，穿得像一个移动的荧光水桶一样跟着贝里斯出了门。

车子在一幢造型奇特的建筑物前停了下来。

看着眼前透明的橱窗、精致的摆设、晃眼的灯光……我知道这里就是贝里斯口中所说的“商场”了。

我跟在贝里斯身后，刚走进商场便感受到了大家异样的目光。

“贝里斯，难道他们也发现我的身份了吗？”我害怕地缩在贝里斯的身后，小声地问道。

贝里斯停下脚步，转身面对着我，上下打量了我好几眼，才叹息道：“不是，他们只是觉得你穿得像根移动的荧光棒而已！”

我气呼呼地瞪了他一眼：“还不是你让我穿的！”

早知道，我就穿自己的衣服好了！

可恶，这家伙还真是一抓到机会就讽刺我！

“别！你千万别想着穿自己的衣服！”贝里斯像是看出了我的想法，撇着嘴说，“穿这身衣服还只是引来异样的目光，但是如果你换回原来那套衣服，绝对会引起轰动的！”

贝里斯说完，拉着我继续向前走。

商场里面一个一个围出来的小空间里，摆着不同的商品，贝里斯说每个小空间都是一个“专柜”。

仿佛一个新世界的大门在我面前敞开了，我看着那些五颜六色的衣服和各种形状的鞋子、包包，只觉得眼花缭乱。

一路从这个专柜冲到那个专柜，看到什么我都觉得新奇，都想要摸一摸，却总是在还没来得及研究它们的构造时，就被贝里斯拉走。

咦？那是什么专柜？

模特身上穿的衣服都是好小的一件，真的有人这样穿出去吗？

我看着货架上挂着的那些五颜六色的小衣服、小裤裤，它们看起来很可爱呢。

这样想着，我脚步一转，便朝着那个挂满了小衣服、小裤裤的专柜走去。

“喂，鲁霏霏……”贝里斯把我叫住了。

“怎么了？”我回过头，却看到贝里斯皱着眉头，一脸不知道如何开口的尴尬模样。

“那个……”贝里斯一副手足无措的样子，犹豫了半天也没说出一句完整的话来。

到底怎么了，奇怪……

见他半天都没“那个”出个所以然来，我干脆不再等他，径直走进了那个专柜。

“欢迎光临！”

我刚走进去，几个销售人员便热情地打招呼，却在看到我身后一脸纠结的贝里斯时，一阵窃笑。

奇怪，她们在笑什么啊？

最奇怪的是贝里斯，他的眼睛怎么了？他用手遮着眼睛，是不舒服吗？

“贝里斯，你怎么了？”我好奇地问。

“没事！”贝里斯放下手迅速看了我一眼，便又迅速低下头去。

不知道是不是我的错觉，我好像看到他脸上有一抹红晕。

“那她们为什么笑你呀？”我边伸手摸摸手边的小衣服、小裤裤，边回头和身后的贝里斯小声说话。

这些衣服的手感和形状都很特别呢！

“不知道！”贝里斯没好气地白了我一眼，然后转头不着痕迹地看了一眼那几个销售人员，她们这才收敛了一点。

“贝里斯，这件衣服好看吗？”我没在意他们之间的眼神交流，伸手从架子上拿下一套彩虹图案的小衣服，学着门口那些塑料人的样子，在自己的胸口比画着问贝里斯。

贝里斯应声回头，却在看到我的动作时，马上尴尬地移开了视线，嘴里不知道嘟囔了句什么。

身后又是一串忍俊不禁的笑声，我正想问贝里斯他在说什么，一个销售人员却微笑着上前打断了我：“小姑娘，你眼光真好，这款彩虹内衣是今年最受欢迎的款式呢！要试一下吗？你平常穿什么尺码呢？”

什么是尺码？

我疑惑地看向贝里斯，他却像是没看到我求救的眼神似的，一直凝视着橱窗外来去的人群。

我正想开口叫他，身旁的销售人员再次热切地看向贝里斯：“小姑娘，你男朋友可真体贴啊。像这样愿意陪着女朋友买内衣裤的男生，现在可真是不多了！”

我疑惑地看向贝里斯，却见他的耳根已经变得通红通红的，那红晕还在继续往脖子的方向蔓延……

“贝里斯……”

见我再次叫他，避无可避的贝里斯终于满面通红地回头：“我说……这些东西以后我再让人来买，咱们现在先去买别的衣服吧！”贝里斯说着，抢过我手中的衣服还给销售人员，迅速把我拖走了。

“为什么呀？”我踉跄着跟在贝里斯身后，追问道。

“没有为什么！”贝里斯头也不回地回答。

“可是，我还没试那件衣服呢！”我真的很喜欢那件衣服。

“到时候让家里的阿姨帮你买回去再试！”贝里斯已经开始变得不耐烦了。

虽然不知道他为什么不愿意陪我试衣服，但是考虑到再问下去他极有可能发飙，我决定还是乖乖闭嘴。

（四）

最终，贝里斯带着我进了一个所有衣服都是浅颜色的专柜。

淡淡的粉色，淡淡的蓝色，淡淡的紫色，淡淡的绿色……

虽然我更喜欢那些五颜六色的，像是彩虹一样绚烂的衣服，不过贝里斯好像很满意这个专柜呢！

进了专柜后，他径自挑选了起来，时不时拿着衣服对着我比一比的，然后将合适的衣服递给一旁的销售人员。

等到几个销售人员手上都挂满了衣服，他才满意地停手，看了看我，特别高傲地说：“去换上！”

“可是……我比较喜欢那边的衣服……”我不满地指着对面的专柜，里面挂满了花花绿绿的衣服。

贝里斯和几个销售人员同时一愣。

贝里斯伸手按了按太阳穴，一脸无奈地看着我：“鲁霏霏，我真怀疑你的审美观！那种花里胡哨的颜色你都想穿在身上，你以为自己是圣诞树吗？”

“你……”我被他说得语塞，只能气愤地翻着他给我挑的衣服，“可是人家就是喜欢彩虹色嘛！”

贝里斯无奈地从牙缝里挤出一句：“你还真是个麻烦精！”

他眉宇间透露出一丝不耐烦，看向一侧正面面相觑不知道如何是好的几个销售人员，没好气地说道：“麻烦你们帮她把这些衣服都试一试！”

“好的。”

于是，我就这样被推进了试衣间。

虽然衣服的颜色不是我喜欢的彩虹色，但是穿在身上的感觉真轻盈呢，而且还很凉快。

“这些衣服都非常适合你！”我每换一套衣服出来，那几个销售人员都要围着我夸赞一番。

不知道是不是灯光的原因，我看着镜子中的自己，好像也觉得自己变漂亮了，肤色也显得特别白皙。

一个销售人员征求了我的意见后，扯掉了我扎头发的发圈，我的长发自然地披在了肩上。

那个销售人员还特别奇怪地伸手压了压我头顶的头发，当然，她没能把它压平。害怕再发生像之前一样的惨剧，我连忙往旁边让了让，躲开了她的动作。

还好，她没有再坚持。

“好看吗？”把所有衣服都试了一遍后，我穿着一条浅蓝色的连衣裙，提着裙子的下摆在贝里斯面前转了个圈，笑着问道。

贝里斯有点吃惊，他目不转睛地盯着我看了一会儿，才不自在地回答：“你等一下！”

他又去挑了双合适的鞋让我换上，才满意地点了点头："这样好多了！"

我再次回到镜子前整理身上的衣服，旁边几个销售人员笑得眼睛都眯成了缝，不断地向贝里斯夸赞着我："您给女朋友选的这些衣服都很合适呢，这条裙子配上这双鞋真可爱！"

"对啊，对啊，这条裙子您女朋友穿起来很漂亮呢，像个洋娃娃。"

"贝里斯，女朋友是什么意思？"我凑到他身边小声问道。

这个词语今天我好像已经听到很多次了，最关键的是，贝里斯每次听到这个词好像都会很不自在！

贝里斯回头看我一眼，便又不自在地转移了视线："就是……嗯，夸奖你的意思。"

啊，原来是在夸奖我啊！

我立刻换上了一副大大的笑脸，对她们说："谢谢！"

贝里斯被呛得剧烈地咳嗽了起来，好半晌他才无奈地瞥了我一眼，一副"我该拿你怎么办"的模样。

"鲁霏霏，跟紧一点！"从专柜出来后，我气喘吁吁地跟在贝里斯身后，而他却大步走在前面，还不忘回头催促我。

"贝里斯，你……你慢一点！我走不动了！"

呜呜，明明我们两个人手上都提着东西，他手上的购物袋还多了几个，为什么我已经这么吃力了，他却还像是没事人一样？

贝里斯回头看了看我，叹了口气，转身朝我走来。

他走到我身边，从我手中又取走几个袋子，便再次大步往前走去，我只能屁颠屁颠地再次跟上他的步伐。

呼，这个商场怎么这么大？到底要转到什么时候才能到出口呀？

已经来来回回地转了好几圈的我，只觉得双腿阵阵酸痛。

虽然我已经努力在追了，可还是很快又被贝里斯甩在了身后，于是干脆自暴自弃地放慢速度，四处观望了起来。

“哇！那是什么？”

好漂亮……

眼前的橱窗中，一个闪闪发光的星球体吸引了我的目光，我快速跑到玻璃橱窗前向里看去。

橱窗里一道醒目的灯光正好打在那颗星球体上，让它在绒布上缓慢旋转的时候折射出各种颜色的光芒。

椭圆的星球体周围还画了一道弧线，看起来就像是行星运动的轨道。

看着眼前的星球体，我突然觉得很亲切，仿佛又看到了我从小生活的阿尔法星球，看到了我乘坐星际巴士在银河系里穿行时，远远看着阿尔法星球在自己眼中渐渐缩小的样子……

“什么东西这么好看？你的脸都快要贴到玻璃上了！”贝里斯不知道什么时候来到了我的身后，他指着橱窗里那个小小的星球体问我，“你喜欢这个水晶星球项链？”

这个叫项链？

我闻声回头，就见此刻贝里斯墨绿色的双眸中仿佛带上了一层柔软的水光，他的视线落在闪烁着光芒的星球体上，如小刷子般细密的睫毛上好像也沾上了点点光芒，高挺的鼻梁下，薄唇微微上扬着……

“嗯。”我看着他，呆呆地回答。

原来贝里斯长得这么帅气，跟我那天看到的那个星际逃犯相比，一点也不逊色呢！

“我还以为你们外星来的少女会比较特别呢，原来只要是个女生就会喜欢这种闪闪发光的东西！”贝里斯不知道想到了什么，抬头看了我一眼，便往旁边走去，“你在这儿等等我！”

“嗯，嗯。”我现在满脑子都是刚才那一个瞬间他温柔的模样，等到再次回神的时候，已经有人把橱窗里那个发光的星球体拿走了。

咦？他们要干什么？

呃……看不到了吗？

我惋惜地看着橱窗，在心里默默叹息。

我站在原地，不知如何是好，还好贝里斯很快便再次折返，手里还拿着一个小盒子。

“给你。”贝里斯把小盒子塞到我的手里，一脸得意地看着我，“打开来看看！”

我好奇地打开，展现在我眼前的竟然就是刚才被人从橱窗里取走的透明小星球体项链。

“哇，这是……给我的？”我难以置信地看着他。

“对，送你的。”贝里斯一脸云淡风轻地说。

“贝里斯，谢谢你。”我笑看着他。

“不客气。”他满不在乎地摆了摆手。

一路上，我都笑眯眯地抓着那颗星球体翻来覆去地看。

我越看越喜欢，已经恨不得时刻都把它抓在手上了。

贝里斯提着所有的购物袋走在前面，不时地回头看看我有没有跟上，每次看到我抓着项链着迷地晃动时，他都忍不住摇头。

什么嘛，他自己把这个东西送给我的，为什么又一脸无奈的样子呀？

等终于走到出口，贝里斯将手中的大包小包递给已经早早在门口等待的司机，便伸手拉住我，夺下了我手上的星球体项链。

“你干什么呀？”

呜呜，他不会是反悔了，想要把东西收回去吧？

（五）

贝里斯叹了口气，轻声道：“这个项链不是拿在手上玩的，我帮你把它戴上吧。”说着，他便拿着手中的项链绕到了我的身后。

虽然不知道他要干什么，但我还是乖乖地站在原地不动。

贝里斯在我的脖子后折腾了好一会儿，弄得我直痒痒，不过最终那项链还是成功地挂在了我的脖子上。

贝里斯把我推到一个反光的大橱窗面前，敲了敲：“笨蛋，看这里！”

“哇，好漂亮……”我看着镜子里的自己，双手不自觉地来回抚摸着我脖子上那条精致的项链。

“看够了没有？快走吧！”贝里斯说完，便往司机离开的方向走去。

呼……这个可恶的家伙，也不知道等等人家。

我努力迈着两条小短腿跟在贝里斯身后，忍不住观察着经过我身边的地球人……

突然，我发现一路上和男生走在一起的小女生好像都是挽着男生的手臂慢悠悠地走的，而那些男生脸上的表情都好温柔。

难道在地球上，这才是正确的走路方式？

因为我没有挽着他的手臂，贝里斯才会走得这么快，而且还动不动就叫我笨蛋？

这样想着，我迅速往前小跑几步追上贝里斯，也有样学样地挽住了他的手臂。

“你干什么？”贝里斯浑身僵硬地停下脚步，惊奇地看着我。

“这样走好像比较开心。”我无辜地看着他，努努嘴示意他看周围。

贝里斯疑惑地顺着我示意的方向看过去，却在瞬间尴尬地收回了视线，脸上也出现了一抹红晕。

“你先放开我！”他有些不自在地想要拉开我的手。

“不放！”我更加用力地挽住了他的手臂。

我都已经和别人一样挽住他的手臂了，为什么他好像还是不太高兴的样子？

“鲁霏霏，你放手！咱们俩不能这样！”贝里斯终于发狂地喊了出来。

“为什么呀？他们明明都这样呀！为什么就我们不行？”我指着从我们身边经过的男男女女，抱怨道。

周围顿时传来一片善意的笑声。

“哈哈，那个女生好可爱……”

“真主动呢！她在求着那个男生和她牵手吗？”

“应该是刚刚交往的情侣吧……”

“他们真配呢！男生帅，女生可爱……”

“快看，她男朋友害羞了呢！”

……

“你放手！”贝里斯一张俊脸涨得通红，他狠狠地甩开我的手，低声怒吼。

什么嘛！放开就放开，我还不乐意呢！就知道凶我，哼！

我委屈地低头看着地面，眼眶阵阵发热。

周围的人还在议论着什么，我却已经没心情听下去了。

“喂，小鬼，你不会又想哭了吧？”见我变得沉默，贝里斯似乎也意识到自己太凶了，低头不安地问。

我撇了撇嘴，嘟囔道：“我才没有。”

他这才轻轻拍了拍我的头，轻声解释：“在我们这里，只有情侣才可以随时随地牵手，我这样说你明白了吗？”

“那情侣是什么意思？”

“情侣啊，就是男女朋友的意思。”贝里斯难得有耐心地解释。

男女朋友？

“我们是男女朋友啊，刚才买衣服的时候那些人不都说我们是男女朋友吗？”我不解地看着贝里斯。

“啊，真是……”贝里斯怔了怔，才抚着额头，露出一副郁闷的表情。

我又说错了什么吗？

“鲁霏霏，刚才那是人家误会了！”贝里斯双手搭在我的双肩上，一脸认真地看着我说，“我喜欢你，你也喜欢我，我们只想和对方在一起，想拥抱，想亲……亲吻，这才是男女朋友！”

“哦……原来是这样。”

“现在明白了吧？”

“嗯。”

“明白就好！”贝里斯说着，伸出一根手指轻轻点了点我的额头，“还有，以后不要随随便便就牵别人的手，知道了吗？”

我捂着脑袋，小声地回答："哦，知道了。"

"别磨磨蹭蹭的，赶紧上车找个地方吃饭吧，饿死了！"贝里斯说着，大步朝着车子走去。

不说没感觉，他现在一说，我还真有点饿了！

"等等我！"我连忙迈着两条小短腿追了上去。

晚餐时间，港口的一家餐厅。

我跟在贝里斯身后，兴奋地看着眼前的设计……

餐厅是在一艘游轮上，整个餐厅设计成了清新的海洋风格，在以蓝色和白色为主色调的餐厅里，随处可以看到各种有趣的海洋生物，地板更是透明的，可以清楚地看到海水以及穿梭其中的各类游鱼……像是一个海洋公园。

最夸张的是，餐厅正中央居然还摆放着一副巨大的鱼类骨架。

"哇——"

我正想问贝里斯那是什么鱼的骨架，就听到有人在叫——

"贝里斯！"

下一秒，贝里斯就停下了脚步，害我差点撞上他的后背。

"你怎么突然停下来？害我差点撞到鼻子！"我小声抱怨。

贝里斯没回答我，但是我能感觉到，他的心情似乎不错，好像整个人都放松下来了。

他语气轻快地向着前方说："好巧！你怎么会在这里？"

奇怪……

他遇到了熟人吗？

我摸着鼻子从他的背后探出身体，只见我们前方坐着一对男女，此时男生正朝着我们招手，女生则一脸微笑地看着我们。

当我的视线落在那个朝我们挥手的男生身上时，我瞬间惊呆了——

他有着女生都羡慕的白皙皮肤，一头栗色的短发看上去干净利落，一双狭长的丹凤眼之上是两道浓黑的眉，樱花色的薄唇边此时还挂着两个可爱的酒窝。

可是，这些都不是重点！

重点是，眼前这个家伙不就是我来地球前，在高级任务栏看到的那个星际逃犯吗？

第三章

Alpha Girl Star

CHAPTER 03

外星少女也迷恋偶像？

（一）

天啊！我真的遇上星际逃犯了吗？

可是，如果说眼前这个人只是和星际逃犯长相相似，那两个人怎么可能相似到连嘴角旁挂着的酒窝都一模一样？

但如果要说他们真的是一个人，眼前的这个男生身上好像又少了一点星际逃犯那独有的痞气……

不不不，鲁霏霏，不要轻易被迷惑！

要知道那家伙可是臭名昭著的星际逃犯，为了逃避追捕，改变气质什么的也是可能的……

长老们不是说，现在地球上很流行改变身份以逃脱罪责的事情吗？

可是，如果为了逃避追捕而改变了气质，为什么不干脆连外貌也一起改变呢？

啊啊啊，他们到底是不是同一个人啊？

……

一连串的问号向我袭来，我顿时觉得脑子里乱成了一团。

我该怎么办？

该死的，偏偏通信器刚好坏掉了，否则的话我还可以直接连线母星上的长老们，询问下关于星际逃犯的详细资料。

“陪女朋友过来吃饭……这个小美女是谁？你女朋友吗？长得真可爱呢！”男生说着，随即转头看向我，说道，“如果不介意的话一起坐吧？”

我还没从这个巨大的冲击中回过神来，只能木然地摇了摇头。

“你好，我叫黎铭希，是贝里斯的哥们，怎么称呼你呢？”

哥们？哼，别以为这样我就会相信你不是星际逃犯了！

“咯……咯咯！”

“哎哟！”贝里斯这家伙在搞什么鬼？居然掐我，呜呜，疼死我了！

“你怎么了？”黎铭希上身微微前倾，一脸关切地问。

我这才意识到自己盯着黎铭希的目光太过直白了，连忙尴尬地笑道：“没……没事，你好，呵呵！”

贝里斯不着痕迹地拉着我走到了座位旁，他在黎铭希旁边的座位上坐下，才解释道：“她叫鲁霏霏，是……我父母朋友的女儿。”

“鲁霏霏同学，很高兴见到你！”黎铭希说着，起身为我拉开了椅子，等到我坐好，他才又坐回自己的位子，调皮地冲贝里斯眨了眨眼睛，耳语道，“真的只是你父母朋友的女儿？”

“不然你以为呢？”贝里斯瞥了我一眼，反问道。

喂喂，你们讨论的内容我都听到了。

不过……他好像真的是贝里斯的朋友吧？这样的话，应该不可能是星际逃犯吧？

但是，我看着男生脸上那对小小的酒窝，想：如果，他真的就是星际逃犯呢，那我岂不是要发财了！

想到这里，我便顿时觉得此时正和贝里斯谈笑风生的黎铭希变成了带有一长串零的巨额支票。

“鲁霏霏同学，这是夏岚，我的女朋友。”充满磁性的声音打断了我的思绪。

“你好！”同时，一道清亮的声音从耳旁传来。

“你好……”我的目光一直紧追着黎铭希，差点就忽略了他身边还坐着另一个人，我此刻才认真地看向自己对面。

那个叫夏岚的女生正微笑着，一头黑亮的直发从肩头流泻而下，她今天穿着一身修身的海洋风条纹长裙，勾勒出凹凸有致的身材，和店内海洋风的装潢尤其配。

原来这就是男女朋友啊，我突然想起贝里斯的话，那他们在一起的时候，也会牵手、拥抱、亲吻吗？

脑海中不自觉地浮现出他们在一起的画面，我连忙摇了摇头。

鲁霏霏，你在想什么呢！现在可不是想这些的时候，你忘了吗，眼前这个人极有可能是被通缉的星际逃犯呢！

如果能找到证据证明黎铭希就是星际逃犯，然后向猎人协会报告他的行踪，我就能轻轻松松拿到一大笔丰厚的赏金了。

一想到也许马上就会有一大笔数字币进账，我的心中便顿时开出了五颜六色的花朵。

“喂，笨蛋鲁霏霏，你的口水流出来了！”耳边响起贝里斯如寒霜般冷冷的声音，顿时将我从美好的幻想中生生拉了出来。

我一回头，就见贝里斯正冷冷地看着我，墨绿色的双眸中闪过一丝嘲讽。

我连忙尴尬地擦了擦嘴巴，可是……根本就没有口水。

我怒瞪着贝里斯，正想说他骗人，便听到了黎铭希忍俊不禁的笑声。

被他这么一笑，我便顿时什么火气也没有了，只觉得脸上火辣辣地在烧，恨不能找个地洞钻进去。

还好黎铭希及时转移了话题。他对着服务台的方向招了招手，轻笑着对我们说道："你们看看要不要再点些别的吃的？我们刚才已经点了一些，但是应该不够四个人吃的。"

说话间，一本印着各种食物图片的餐单已经递到了我们的眼前。

"想吃什么？"贝里斯边翻看着手中的餐单，边问我。

我兴高采烈地指着餐单上被处理成各种形态的肉，乐呵呵地说道："我要这个，这个，这个……还有这个。"

贝里斯的脸色随着我的手指点过的地方，渐渐变得难看……

好半晌，贝里斯才叹了口气，一脸无奈地看我："鲁霏霏，吃这么多肉你不会腻吗？"

"不会！"

好吃的肉怎么吃都不会腻。

不过贝里斯显然不这么想，他还想说什么，对面的黎铭希连忙轻笑着劝道："贝里斯，她喜欢吃肉你就让她吃吧，偶尔这样吃一两餐没事的！"

"你不懂……"贝里斯说着，叹了口气，才又重新看向我，恐吓道，"鲁霏霏，所有食物都要适量才会健康，你懂不懂！就你现在这吃法，绝对会变成个大胖子的！到时候连走路都走不动了，看你还怎么回家……"

变成大胖子我倒是不怕，但是我绝对不能不回阿尔法星球!

我顿时蔫了，只好心不甘情不愿地把餐单推到了他的面前，闷声闷气地说道：“好吧，那由你来点好了。”

“扑哧——”

身前传来黎铭希和夏岚忍俊不禁的笑声，我忍不住瞪了他们一眼。

黎铭希这才尴尬地轻咳了一声，止住了笑声。

没过多久，餐点便陆陆续续送了过来。

我和贝里斯逛了一下午，肚子早就饿得咕咕叫了，于是菜一上桌，我便埋头大吃了起来，脑子里还不忘想着该怎么证明黎铭希就是那个星际逃犯……

其他几个人也在默默吃着，间或漫不经心地说上两句，评论下菜色的好坏什么的。

“听说这附近新开的一家西餐厅的菲力牛排很不错，下次咱们有时间一起去吧？”黎铭希伸手夹了一筷子菜给夏岚，低头对贝里斯说道。

“好啊。”贝里斯一口答应了下来。

菲力牛排是什么牛排啊?

我边继续埋头大吃，边在脑子里疑惑着。

等等!

通过这两天的相处以及贝里斯的解释，我知道地球人的饮食习惯和我们阿尔法星球好像有很大差异，如果黎铭希真的是那个星际逃犯的话……那他的很多习惯也应该和普通的地球人不同吧?

于是，我连忙抬头对着黎铭希笑道：“牛排吗？好呀，好呀，我超喜欢吃的！只要是肉我都超级喜欢的……”

“是吗？真巧呢，我也超喜欢吃肉的，最讨厌每餐被逼着吃那些一点味道也没有的蔬菜了。”黎铭希说着皱了皱鼻子。

“是吧，是吧，蔬菜超难吃的，可偏偏贝里斯还总是逼着我吃，真讨厌……”我下意识地抱怨道。

果然就见黎铭希一脸深有感触的表情。

哼哼，看吧！

他果然也讨厌蔬菜，阿尔法星球上的所有公民都讨厌蔬菜，这点是怎么也无法伪装的。

“你说谁讨厌？”太得意的结果就是，下一秒，耳边就响起了一道阴森森的男声。

（二）

贝里斯正脸色铁青地看着我，孔雀石般的双眸中闪动着幽幽的绿色火焰。

我说了讨厌吗？

呜呜，鲁霏霏，总有一天你会被自己这张嘴害死的。

“我……我……”

“我什么，刚才不是说得挺顺溜的吗！”贝里斯轻哼着，手指轻轻敲击着桌面。

那修长的手指一起一落，虽然看似轻松惬意，却像是一道警钟，一下一下地敲在了我的心中。

在贝里斯迫人的视线下，我的头越来越低，最终只能没骨气地回答道："我……我是说讨厌蔬菜。"

贝里斯显然不信，他微微撇了撇嘴，似乎还想说点什么。

黎铭希倒是开口了，嘴角却还带着微微的笑意，两边的小酒窝显得肆意而张扬："好了，好了，你就别欺负她了。"

贝里斯撇了撇嘴，轻嗤了一声，虽然脸色不是很好，但是还好，他真的没有再说下去。

"你真好……"危机解除，我连忙把双肘支在桌面上，兴致勃勃地看向对面的黎铭希，"那你平常喜欢吃什么，喜欢做什么呢？"

黎铭希似乎没料到话题会突然转到他身上来，脸色突然变得有些尴尬，有些不自然地回答："呃……其实都还好啦，只要不是每天都吃青菜就好。至于平常喜欢做什么，有挑战性的事情其实我都还蛮喜欢的……"

有挑战性的事情……所以这就是他会成为星际逃犯的原因吗？哼哼！

"那喜欢的运动呢？"

"增加体能方面的吧！"

星际逃犯是需要很好的体力。

"为什么呀？"哼哼，看你怎么解释？

"嗯……工作上的需要！"问到这里，黎铭希虽然脸上还挂着笑容，但是表情却已经越来越尴尬。

"工作上的需要？"他是说自己做的那些违法的事情吗？

"嗯，因为经常要赶工出外景什么的，所以需要保持良好的体能。"他双臂环抱，干笑着抿了抿嘴。

出外景是什么？我疑惑地抬头看向贝里斯，正准备问他这句话是什么意思，他已经主动解释道："阿希是一个经常出现在电视屏幕上的人气偶像，所以会经常需要去别的地方拍戏什么的。"

"哦！"这个我知道，就是以另外一个身份出现在电视上，让观众们开心。

这个答案虽然很合理，但我还是很怀疑这只是他的伪装。

"你是独生子吗？家里还有些什么人呢？"虽然知道他似乎不太高兴了，但我还是忍不住继续追问道。

家庭成员应该是无法随意伪装出来的吧。

话一出口，我才注意到他们三个人的动作都已经停顿了下来。

黎铭希的脸色突然变得难看，我还勉强可以理解为他是被我问到心虚了，可是为什么贝里斯和夏岚的表情也那么奇怪？

我不安地看着他们："我……我说错了什么吗？"

夏岚定定地看着我，眼神中带了点疑惑，又带了点戒备："鲁霏霏是吗，你真的不是我们家希的粉丝吗？"

粉丝？电视里好像说过粉丝是一种食物……

我连忙摆了摆手："不是，不是，我还没吃过粉丝呢！"

"啊？"夏岚听到我这么说有点吃惊。

不，现在不只是夏岚，就连刚才听了我最后一个问题后一脸不悦的黎铭希，也改用了一种非常诧异的眼神看着我。

我又说错什么了吗？

我忧心忡忡地转过头看向贝里斯，而他也正黑着一张脸看着我，一脸挫败的表情。

"她从小是在国外长大的，中文不太好，而且刚回国几天，对国内的圈子不是很了解，所以她在今天之前都不认识铭希。鲁霏霏，你刚才想表达的是这个意思吧？"

沉默了一会儿之后，贝里斯才打破了尴尬，朝桌上的另外两个人解释道。

我连忙点头："对，对！"

呼，吓死我了！

"啊，原来是这样啊！"夏岚的脸色这才好看了点，看了看我，又转头继续跟黎铭希说悄悄话。

我继续忙碌地吃着盘子里的肉，直到贝里斯在桌子底下悄悄掐了我一把。

啊，好痛！我知道错啦！我可怜兮兮地看向他，用眼神向他求饶。

贝里斯又警告地扫了我一眼，才移开了视线。

很快，又一盘又香又厚实的肉被送到了我的面前，我抑制不住内心的喜悦，正打算直接把这一整块肉拿起来啃……

"咯咯！"可是就在我打算直接叉起来吃的时候，贝里斯却像是脖子被捏住似的猛烈咳嗽了起来。

我抬头想看他，却正好看到他挤眉弄眼的表情。

他的眼睛进了沙子吗？可是眼睛进沙子为啥会咳得这么厉害呀！

"咯咯……"贝里斯又咳了几声，只是这次声音已经明显轻了许多。

随即，他拾起手边的餐具，朝我挑了挑眉，示意我学着他的动作做。

呼，原来是担心我出丑……

我学着贝里斯的动作，左手拿叉，右手拿刀，开始切起盘子里的肉来。

"咯吱——"

刀具划过瓷盘发出的刺耳声，再次破坏了刚刚恢复的和谐气氛。黎铭希和夏岚都是一脸惊奇地看向我的方向……

我好像又做错事情了！

在他们惊奇的注视下，我的脑袋越垂越低，脸上的温度也越来越高，已经快要埋到桌子底下了。

“哈哈哈，你真的是从国外回来的吗？怎么连刀叉都不会使用？”我的动作成功逗乐了夏岚，她笑着问道。

“她从非洲回来的。”贝里斯慢条斯理地切着自己面前的食物，头也不抬地回答。

夏岚和黎铭希都是一愣，随即都像是听到了什么笑话似的哈哈大笑了起来。

什么意思？我疑惑地看向贝里斯。

贝里斯没有理会我的求救，他切好自己盘子里的食物，伸手端过了我面前的餐盘，在我抗议的眼神中，将自己面前那盘已经切得整整齐齐的食物放到了我的面前：“你吃这盘吧。”

“嗯！”我开心地点头，暂时忘记了刚才的疑问，正打算低头解决盘子里的食物，就见黎铭希一脸复杂地看着我。

“怎么了？”

有什么不对吗？我下意识地摸了摸自己的脸，没沾到什么东西呀！

黎铭希一脸不可思议地看着我，嘴里喃喃地说：“冷傲的贝里斯少爷居然学会为别人服务了，真是太不可思议了！”

“啊？”什么呀！

我愣愣地看着黎铭希，不知道如何反应。

他似乎也不是很在意我的反应，说罢看向贝里斯，又换上了另外一副表情。他轻轻敲了敲自己的盘子，嘴边的两个小酒窝显得格外可爱，带着淡淡的调侃，轻声道："贝里斯，我也不是很会切牛排，你能把你的那盘换给我吗？"

……

闻言，贝里斯抬头淡淡地看了他一眼，便又默默地低头切盘子里的食物，直接当他不存在。

"你这重色轻友的家伙，真是太让人伤心了！"

黎铭希嘴上说着伤心，嘴角的两个小酒窝却完全没有要消失的迹象……

"闭嘴！"贝里斯终于抬头，却是薄唇微启，一脸"我不认识他"的冷酷模样。

他们这是怎么了？我有点担忧地看着他们。

可是一旁的夏岚却似乎一点也不担心，反而笑得一脸灿烂。

之后的时间，不知道是不是我的错觉，黎铭希对我的态度好像又变得亲昵了起来，连我问他问题的时候，他也爽快了不少。

只是他时不时看向贝里斯的视线却越发诡异起来，贝里斯的脸色也在他的注视下变得越来越难看。

晚餐后，回去的路上，我原本还有很多关于黎铭希的问题想问贝里斯，可是他从坐进车里便一直黑着一张脸，望着窗外不知道在生什么闷气。

我喊他，他也不理我。

不就是刚才在饭桌上，我多说错了几句话吗？哼，小气！

回到贝里斯家后，因为晚餐吃得太多，又在车上晃悠了半天，我只想回房间睡觉，贝里斯却又突然开口了。

他一屁股坐进沙发里，双臂环抱，一脸不善地看着我："鲁霏霏，没想到你们外星人也迷恋偶像啊！"

"什么？"

吃得太饱也不是一件好事，我的肚子现在鼓得像个皮球，怎么坐都不舒服。算了，就让我在沙发上躺一会儿吧！

呼，真舒服！

贝里斯似乎没听到我的疑问，双手搭在沙发靠背上，略带鄙视地说："不过你会迷恋他，我也不奇怪，毕竟阿希在我们学校本来就很受那些女生的欢迎，多你一个也不算多。"

"我才没有迷恋黎铭希！"我又没见过他在电视里是什么样子，我在乎的只是那巨额的数字币而已，哼哼！

"既然没有，那你刚刚在餐厅为什么一脸花痴地问东问西？"

"等等……你刚才是说，黎铭希和你是一个学校的？"后知后觉地想明白脑海中的信息，我一下子跳了起来。

"鲁霏霏，你能别一惊一乍的吗？"贝里斯刚刚因为我的话而多云转晴的脸，再度乌云密布，他伸出手对着我的脑袋就敲了下来。

"你干什么？"我捂着脑袋，不满地看着他。

"这种反应，还敢说他不是你的偶像！"

"都说不是啦！"

把一个星际逃犯当成偶像？开什么玩笑！

我又不想成为第二个星际通缉犯，哼哼！

“不过……”嘿嘿！

“你想干什么？为什么用这种眼神看着我？”贝里斯满脸嫌弃地瞥了我一眼，往旁边挪了挪。

“贝里斯……”

“有话直说！”贝里斯嫌恶地搓了搓手，皱眉。

“我可不可以……进你们的学校，和你一起学习？”我双手合十地看着他。

如果我能和黎铭希在同一所学校，这样我不就可以有更多的机会确认他到底是不是星际逃犯了？而且还可以在通信器修好之前监视他的一举一动，一举两得。

嘿嘿嘿，想到这里我立刻感觉自己又向成为有钱人的目标迈进了一步。

“不可以！”可是，贝里斯却想都不想就拒绝了我，扼杀了我美好的希望。

（三）

“为什么呀？”我重新在沙发上坐正，可怜兮兮地看着他。

贝里斯冷冷地瞥了我一眼：“你给我惹的麻烦已经够多了，天知道你到了学校里又会闯出什么祸来，我可不想每天跟在你屁股后面帮你收拾烂摊子。”

“呜呜呜，贝里斯，拜托啦，让我去吧！”我嘟着嘴，用力摇晃着他的手臂。

“不行就是不行！”贝里斯的语气没有一点商量的余地，他一脸恨铁不成钢的表情看着我，“如果你是想要黎铭希的签名海报或者CD什么的，我可以帮你拿到。或者你想见他的时候，我也可以邀请他来家里玩。唯独想进我们学校这一点，不可以！”

谁想要一个星际逃犯的签名啊！

我现在一心只想着能进他们学校，方便调查他的底细。

可是，这个理由我却不能告诉贝里斯。

我支吾着说：“我……我只是觉得你去上学之后，我一个人在家里闷得慌嘛！难道你就不担心我一个人在家里会弄坏你家的电器吗？”

“别说了，反正我是不会答应让你去我们学校的。”

“贝里斯……”我加大攻势，双眼瞬间泪光闪动。

贝里斯挑了挑眉，墨绿色的双眼淡淡地扫了我一眼，干脆起身往房间的方向走去。

哼，事情都没说完他就想跑？

我“噌”地一下站了起来，用力地拖住了他的手腕。

“求求你就答应我吧！”

“我说了，不可能！”贝里斯背对着我，冷冷地回答，“放手！”

“不放！”我紧紧地拉着他，干脆整个身体都压了上去。

贝里斯低头看着我，墨绿色的双眸中顿时狂风大作，他不知道哪根神经不对，突然朝着我低吼道：“既然你那么想接近黎铭希，刚才为什么不跟着他回家，让他收留你就好了？还留在我家干什么？你们不是聊得很开心吗？”说完，他狠狠地甩开了我的手。

我的手撞到了客厅里的金属台灯的角，刺骨的疼立刻从手背一直蔓延开来……

我定定地看着他，眼泪开始不受控制地往外流……

我到底做错了什么？他是想把我赶出去吗？

可是，明明就是因为他，我的通信器才会坏掉的……结果他转头就想反悔吗？

想到这里，我的眼泪就像开了闸般哗哗地流了下来。

“呜呜……”

“你能不能别动不动就哭啊？哭是解决不了问题的。”贝里斯心慌意乱地看向我，见我的眼泪没有要停止的迹象，他的脸色越发地难看起来，最终不耐烦地吼道，“不许哭！”

“哇——”

我讨厌他，讨厌死他了！

伤心愤怒的情绪让我哭得越发难过了，与此同时，身边的电器也终于不堪重负，发出刺耳的“啪”声。

随即，一缕缕的青烟从旁边的电视机中袅袅升起……

“别哭了！”似乎没料到我会突然崩溃，贝里斯开始变得手足无措，他一边把纸巾拍到我的脸上，一边看着报销的电视机，发出无奈的叹息声。

“呜呜，你凶我……”我哽咽着控诉，伴随着越发不稳定的电流声……

“啪——”

“我的音箱……”贝里斯看着电视机旁冒着黑烟的影音设备，无力地叹气。

半晌，他转向我，一脸无奈地叫道：“我错了，我错了还不行吗？求你别哭了！”

“嗝……”我被他崩溃的表情吓得噎了一下，半晌才垂下头哽咽着说，“可是我真的想和你一起去学校……呜呜……”

耳边断断续续传来电器坏掉的声音，可是贝里斯始终没再发出任何声音……

呜呜，他还是不肯答应我吗？

越想越伤心，我忍不住哭得更伤心了！

“嗯……”突然，一个奇怪的东西塞进了我的嘴里。

嗯，你干什么？我瞪圆了双眼看向贝里斯。

我正打算把嘴里的东西吐出来，却意外地发现，它的味道居然还不错。

是一个大鸡腿，嗯，好好吃。

“鲁霏霏，我真是败给你了！”见我终于停止了哭泣，贝里斯这才长舒了一口气，痛苦地扶着脑袋在沙发上坐了下来。

他的意思是……

“我可以和你一起去学校了吗？”我叼着啃了一半的鸡腿，双眼放光地看向他。

贝里斯再次叹息着看了一眼自己家受损的电器，心疼地说：“嗯，但是我只能带你去见校长，至于校长收不收你，我可就不保证了。”

“为什么要……要校长同意，我又不是跟校长一起去上学。”我伸手抹了抹脸上的眼泪，抽噎着问道。

“别用手，脏死了！”贝里斯一脸痛苦地抓住我的手腕，把一沓厚厚的纸巾塞到我的手里，“这不是跟谁一起去上学的问题，而是只有被校长允许，你才有资格进入我们学校学习！”

“好。”我点头，看着贝里斯长舒一口气的表情，哼，我一定会让校长同意接收我的。

第二天早上，我从校长办公室出来的时候，贝里斯正双手插在口袋里，优然地倚靠在办公室外的走廊栏杆上。

和煦的阳光照在他的身上，他的眼睛微闭着，耳朵里塞着耳机，正一脸享受地轻轻晃动着身体。

我伸出手戳了戳他，他才缓缓睁开眼，把耳机摘了下来。

他看着我，脸上带着一丝幸灾乐祸的表情："怎么样，校长答应你了吗？"

我低着头站在他面前，酝酿着怎么和他分享这个开心的事情。

"哈哈哈，我就知道是这样。如果校长这么轻易就答应你了，我才觉得奇怪呢……"

"不好意思，要让你失望了！"看他幸灾乐祸的模样，我忍不住得意地朝他眨了眨眼睛，吐着舌头说。

"什么？"贝里斯一副难以置信的样子。

我郑重地强调道："校长答应让我来上课了！"

"哼！"贝里斯低头瞪了我一眼，便自顾自地走开。

我一个箭步冲到他的身边，拽着他的胳膊欢快地向前跑："走了，去上课啦！"

"喂，鲁霏霏，你到底做了什么让校长答应留下你？像你的身份，按照正常程序根本不可能有任何学校会同意收你的！"去班主任办公室熟悉情况的路上，贝里斯一脸疑惑地问我。

嘿嘿，其实我只是运用了一点我们阿尔法星球的小技巧修改了校长脑中的记忆，在他此时的记忆中，我已经是学校里的一名新生了。

而且我还让他把我安排到了贝里斯的班级里，嘻嘻。

不过我才不告诉他呢，哼！谁让他刚才以为我没有被接收，那样幸灾乐祸的。

“不告诉你！”我得意地朝他一扬下巴，满意地看到贝里斯的脸色瞬间变黑。

哈哈……就不告诉你，气死你！

“叮咚——”

第二天，我和贝里斯几乎是踩着铃声进的教室，原本贝里斯跟我说的时候，我还一点也不担心怯场的问题，但是……真正看到那么多陌生的面孔之后，我却忍不住紧张了起来。

我拽着新换上的制服衣角，迟迟不敢迈进教室。

可恶的贝里斯，他竟然一点都不担心我，带我到教室门口后，自己便径直走进教室，坐到了他自己的位子上。

“鲁霏霏同学，进来吧。”昨天已经见过的那个年轻的班主任老师，用甜甜的声音召唤着我。

我刚站到讲台上，原本窃窃私语的同学们顿时安静了下来。

老师于是又说道：“请新同学进行自我介绍吧。”

我握紧了拳头，按照事前贝里斯教的内容对大家说道：“大家好，我叫鲁霏霏，以后请大家多多关照！”说完，我微笑着对台下鞠躬。

台下立刻响起了热烈的掌声。

呼……我这才长舒了口气。

“鲁霏霏，以后你就坐这个位子可以吗？”班主任老师指了指靠近讲台的一个座位。

可是这个位子离贝里斯很远，我才不要！

于是我指着贝里斯旁边的空位，对老师说道：“老师，我想坐在贝里斯的旁边！”

我的话音刚落，教室里突然沸腾了起来。

“呵呵，这个新生的胆子还真是大呢。”

“居然敢主动要求成为贝里斯的同桌，她以为自己是谁啊！”

“如果这件事让叶女神知道了，这个女生一定会遭殃的吧！”

“就算长得可爱又怎么样？我家贝里斯才不会答应和她坐在一起呢！”

……

“这……”老师为难地看向贝里斯，而此时贝里斯也正抬头，懒懒地看向我。

“贝里斯，我可以和你坐在一起吗？”我对着他挥了挥手，叫道。

贝里斯飞来一记白眼，冷淡地嘟囔了一句：“随你！”

此话一出，教室里顿时传来此起彼伏的吸气声。

“天啊！贝里斯竟然没有拒绝她，是不是世界末日要到了？”

“这个叫鲁霏霏的新生到底和我家男神是什么关系呀？他们认识吗？”

“这么说新生成为贝里斯的同桌了？呜呜呜……为什么那个人不是我？为什么？”

……

我茫然地听着台下的议论声，不过……我现在可没心思去研究那些乱七八糟的东西。

我对老师说了声“谢谢”，便背着书包兴冲冲地奔到了贝里斯的身边，在他旁边坐了下来。

虽然在家里的时候，贝里斯已经大概和我说过上学是怎么一回事了，但是对未来的生活我还是有点期待呢，嘻嘻！

“好，下面开始上课，请大家拿出你们的语文课本……”

（四）

“叮咚——”

好不容易熬到了放学时间，我的脑袋已经完全罢工，对上学的所有期待也在一天的疲劳轰炸中彻底消失了。

虽然地球语言已经植入了大脑，课堂上老师说的每个词语我都懂，但是为什么联系到一起后，我却什么都不懂了？

看来，想要赚到那笔巨额的举报金，也不是那么容易呢！

收拾好书包后，我垂头丧气地跟在贝里斯的身后走出了教室，立刻就听到身后传来了女生们愤愤不平的议论声。

“快看，快看，她就是我们班新来的那个转校生！”

“就是她主动要求和我们贝少爷坐一起，而他还没拒绝？”

“对啊，对啊，听说她和贝里斯的关系很不一般呢！”

“哼，居然敢和我们家贝少爷走在一起，快去告诉叶菲林女神后援团！”

……

我疑惑地抬头看向身前的贝里斯，他似乎一点也没听到周围的议论声，仍旧迈着两条大长腿，阔步向前。

“贝里斯，为什么我和你在一起，他们要去告诉那个什么林的后援团啊？”

地球人真是奇怪呢，谁和谁走在一起都要管，贝里斯又不是逃犯。

贝里斯脚步微微一顿，回头冷冷地扫了一眼身后的女生们，于是……世界安静了。

他稍微放慢脚步，将我回头看向身后的脑袋扭回来，一脸不悦地说道：“别听她们胡说八道，赶紧回家！”说完，便又再次大步向前。

“哦！”我点点头，努力迈动双腿跟上。

不过，主动要求和贝里斯坐在一起很奇怪吗？为什么大家都一脸惊奇的样子？

直到下了楼梯，我才想起来学校学习的主要目的，忍不住抬头问：“对了，贝里斯，黎铭希是哪个班级的？和我们隔得远吗？”

被满脑子像是咒语一样的文字“摧残”了一天，如果再没有一点收获，那也太不划算了吧！

“你还说自己来学校不是为了黎铭希？”贝里斯立刻停下了脚步，脸色也变得很难看，像是下一秒就要吃了我。

我害怕地后退了几步，嗫嚅着正想为自己辩解几句，就被一个声音打断了。

“就是她！”一个尖锐的女声在耳边响起。

我下意识地回头，就见几个女生正快速朝我们走过来。

一个像是运动员般健硕的女生指着我，对另外一个长发披肩的漂亮女生说：

“她就是缠着贝里斯少爷的那个新生！”

咦？她是在说我吗？可是我哪有缠着贝里斯？

“好了，好了，说得这么难听，吓到新同学多不好！”漂亮女生笑着说道，轻轻摆了摆手，我便顿时感觉一阵微风带着淡淡的香气迎面拂来……

她那一头绸缎般的黑色长发自然地从肩头流泻下来，像白雪一般晶莹剔透的皮肤使得整个人看上去格外干净，柳叶眉下，一双黑葡萄般的水汪汪的大眼睛被小刷子般细密的长睫毛掩盖着，秀气挺翘的鼻子下，双唇像是雨后的樱桃般散发出莹润的光芒……

明明和周围的同学穿着同样的校服，可是她站在人群中，自有一种别人无法比拟的独特气韵。

在看到我身旁的贝里斯时，她微微一顿，随即露出一个灿烂的笑容：“你好，贝里斯……”

“你怎么会在这里？”贝里斯皱着眉头，脸上的表情带着些困惑。

咦？他们认识？

“也没什么事，只是听说你们班来了一个有趣的女生，主动要求和你同桌而坐，还没被你拒绝，所以过来看看。”漂亮女生看着贝里斯，调皮地眨了眨眼睛，微微一笑。

“胡说什么，她只是……我父母朋友的女儿而已。”听到她这么说，贝里斯回头看了我一眼，然后对着她……笑了？

是我出现幻觉了吗？像贝里斯这种总是一脸不耐烦的家伙，居然也会对女生露出这样温柔的笑容？

看来他们俩的关系还不错嘛！

“贝里斯，她是谁啊？”我凑到他的耳边，小声问道。

“她叫叶菲林，是我从小一起长大的朋友。”贝里斯难得有耐心地解释道。

原来她就是那些女生说的叶菲林。

叶菲林看了看我，又看了看贝里斯，脸上始终保持着温暖的笑容，让人有一种特别舒服的感觉。

“她就是你们班的那个新同学吗？”

“嗯，她叫鲁霏霏。”

叶菲林朝我点了点头，微笑着自我介绍：“你好，我叫叶菲林，是和贝里斯从小一起长大的朋友。”

“你好！”我愣愣地看着她，回答道。

她真的好漂亮……

“你长得真可爱呢，像个洋娃娃。”叶菲林突然拉住我的手。

我的心一颤，正手足无措、不知道如何是好……

突然，耳边响起了柔美的音乐声，下一刻，叶菲林已经放开了我。

她从校服口袋中掏出手机看了看，便摁掉了电话，歉然地对我们说道：“抱歉，家里司机来接我了……”

“那你快去吧！”贝里斯朝她摆了摆手。

“要一起回去吗？我们好久没好好聊天了！”她调皮地朝贝里斯眨了眨眼睛，一脸怀念的样子。

眼看着贝里斯居然真的在认真考虑的模样，想到我刚才的问题他都还没回答，我连忙问道：“贝里斯，你还没告诉我黎铭希的班级在哪里呢！”

听到我的问题，贝里斯原本还算和气的表情顿时再次变得难看。

“黎铭希？”重复我话的并不是贝里斯，而是叶菲林，她看上好像很惊讶，眼中似乎有光芒一闪而过，但是很快又便恢复了温柔的样子，微笑道，“你也认识阿希吗？”

“嗯，嗯，你也认识他吗？那太好了！你知道他在哪个班吗？”我迫不及待地问道。

不知道是不是我的错觉，贝里斯好像不是很喜欢我问他关于黎铭希的事情。

“当然，这个学校除了像你这样刚来的新生，没人不知道阿希的事情呢！”

叶菲林说到黎铭希的时候似乎带了点雀跃，难道她也是黎铭希的……粉丝？

“不过……你找他有什么事吗？”她像是突然想到什么，突然问我。

啊？

“没……不是说他和我们是同一所学校的吗？我就是很好奇像他那样有名的人在哪个班呢。”我想了想，找了一个大家比较容易接受的理由。

说完，我偷偷瞟了一眼贝里斯，果然见他正一脸嘲弄地看着我。

“看来鲁同学也是阿希的粉丝呢。”叶菲林虽然还在笑，眼中却多了一种我无法理解的情绪。

也是？所以说，她果然是黎铭希的粉丝吗？

听说粉丝们都愿意看到别人喜欢自己的偶像，于是我兴奋地说：“嘻嘻，我是为了他特意来学校的，所以我想去找他。”

说不定她也知道很多黎铭希的事情呢！

“呵呵，是吗？”叶菲林脸上的笑容却渐渐淡了下来。

奇怪！难道她也像贝里斯所说的那些少数疯狂粉丝一样，认为偶像是自己的所有物，所以听到我是为了黎铭希而来，就感到很不高兴？

我原本还希望能从她的嘴里知道一些关于黎铭希的消息呢，看来是不可能了。

“别理她，这个小花痴！”贝里斯说着，直接将我拖回了他的身边，一脸的不屑。

叶菲林便抿着嘴笑了起来：“哪有，鲁同学很可爱呢！”

两人又聊了一会儿共同生活圈中的趣事，我站在一旁完全插不上话，只能无聊地在贝里斯的书包上画着圈圈。

过路的同学都奇怪地看着我们，并且指指点点的。

“她就是那个公然要求和贝里斯一起坐的新生？”

“对啊，就是她！”

“她算哪根葱？贝里斯和我们家女神可是从小一起长大的青梅竹马呢！”

“对啊，而且我们家女神可是校花，比她漂亮一万倍呢，贝里斯才不会喜欢她呢！”

“贝里斯和女神才是一对，杂草滚开！”

呃……她们是不是误会了什么？

不过话说回来，他们俩站在一起还真是养眼呢！男生帅气，女生漂亮，就像是一幅画。此刻，他们就像画中的主人公，而我就是在画框以外的“路人甲”。

不过，想到贝里斯如果和叶菲林在一起了，就不能陪我去购物，也不能带我去吃好吃的肉了……我就忽然有点难过起来。

第四章

Alpha Girl Star

CHAPTER 04

确认星际逃犯特征

（一）

最终，我还是从贝里斯嘴里知道了黎铭希所在的班级，在我使出绝招——“哇哇大哭”后。

不过，黎铭希似乎经常不在学校，我连续去了他们班好多次，得到的结果都是……

“不好意思，黎同学今天请假了！”

唉，这句话听得我耳朵都快要起茧了。

身为学生却动不动就请假，难道偶像就可以不用上学了吗？

他不会是借着明星的身份，背地里却在做什么十恶不赦的事情吧？

我的耐心在一天天的等待中渐渐消磨，本以为费尽口舌说服贝里斯让我进入这所学校就能更方便我确认黎铭希的身份了，结果没想到进入学校后，连见他一面都这么困难。

这天课间休息，我不抱什么希望地正准备再去黎铭希班上看看，却在长长的走道里听到一群女生正在激动地讨论着什么。

当“希希”这两个字突然传到我的耳中时，我全身顿时像过电了似的，瞬间充满了活力。

难道她们是在讨论黎铭希？我立刻停住了脚步。

“哇，刚才我看到希希了！”

“真的吗？真的吗？人家都已经有大半个月没看到他了呢，想死我了！”

“据说他最近都在拍外景，很少在学校里露面呢。”

嗯，果然，她们真的在说黎铭希。

我转头就准备往他们教室冲，却再次因为身后女生们的话语而顿住了脚步。

“你在哪儿看到他的？快告诉人家，人家也想去看看。”

“学校操场啊，不过他朝着后湖的方向过去了呢。”

“后湖？他去那儿干什么？”

“难道去约会？”

“啊啊啊，不要啊！”

……

我连忙掉转了方向，往操场的方向走去。

后湖的位置有些偏僻，平常如果不是有特殊活动的话，是很少有人往那边去的。

黎铭希刚回到学校就往那边跑干什么？

难道……他准备在那儿做什么见不得光的事情？

这样一想，我的心便忍不住“怦怦怦”地加速跳动了起来。

后湖真的太大了，我沿着湖边的小道一路寻找着，不知道过了多久，直到远处的一个身影吸引了我的注意力。

他没有穿校服，上身是一件简单的白色T恤，搭配着深色的牛仔裤和一双糖果色的球鞋……虽然隔了一段距离，虽然我们才见过一面，但是没错，那个人就是黎铭希。

此时的他双手插在裤子的口袋里，身体随意地倚靠在身后的树干上。

阳光穿透他头顶浓密的树叶洒在他的身上，微风把湖水吹出层层涟漪的同时也调皮地吹乱了他额前的碎发……

这画面真是太美了！我忍不住沉醉地想。

可是置身其中的人，却似乎一点也不沉醉，他此时正满脸不耐烦地皱起了眉头。

咦？他怎么了？

不过……不管怎么说，能让我找到他已经很不容易了。

就在我兴冲冲地准备冲过去的时候，眼前却发生了非常惊人的一幕。

一个穿着校服的长发女生不知道从什么地方突然蹿了出来，从黎铭希身后狠狠抱住了他。

我连忙停住了跑向他的脚步，顺势躲到了离我最近的一棵大树后面。

怎……怎么还会有其他人在？

听说他在学校很受欢迎，难道这个女生是在向他告白？可他不是已经有女朋友了吗，那个叫夏岚的女生。

我疑惑地想着，却看到黎铭希毫不留情地甩开了那个女生……

“啊……”我连忙捂住了自己的嘴。

女生被甩得一个踉跄，差点摔倒，她似乎有些受伤，垂着头半晌，才突然抬起头朝着黎铭希说了一句什么。

从我的角度，看不到她的脸，也听不到她说了什么，只能从她的动作以及从长发中露出的微动的嘴唇，猜测她说了什么。

我竖起了耳朵，却还是什么也听不到……忍不住小心地朝前又走了几步。

可是，就是这几步路的距离，黎铭希的脸色却已经剧变……

他突然涨红了脸，全身上下散发出一种强烈的愤怒气息，像是一只被激怒的雄狮般散发出强烈的攻击信号。

天啊，没想到看起来那么温柔的黎铭希竟然有如此可怕的一面。

不对，也许，现在这副模样才是他的真面目，而平日里那个温柔的黎铭希只是他的伪装呢！

想到这里，我就更加相信他就是那个星际逃犯了。

黎铭希此时一脸恨不得吃了那个女生的表情，一步步朝着她逼近……

哎呀！怎么办？

那个女生会不会有危险，我要不要去救她？

可是，鲁霏霏，他是星际逃犯啊！

就算你跑过去，又能帮她什么，不过是多一个人遭殃而已。

可是……见死不救实在不符合我们阿尔法星球公民的做人准则呢！

怎么办？怎么办？

我站在原地纠结着，在往前冲和逃跑之间犹豫不决的时候……

“啪——”

脚底突然传来一声清脆的断裂声。

我僵硬地低头，果然，脚下正躺着一根断成两截的树枝……

完了，完了！

我现在只希望我刚才往前走的那几步路不够远，他们仍旧听不到我这边的声音，听不到，听不到……

好吧，我知道这只是我的自欺欺人，所以不抱什么希望地抬起头后，果然就看到前方的黎铭希身形一僵，随即警觉地朝着我的方向看了过来……

“哇——”

再也顾不上其他的事情了，我吓得掉头就开始往回跑……

老天保佑，千万别让他认出是我！

如果被黎铭希发现我的存在，今后我再想从他的嘴里问到什么有用的信息就难上加难了！

不过，黎铭希刚才也发现我看到了他们在一起的画面，他应该不会再动手了吧？那个女生应该没有危险了吧？

回想起刚才看到的画面，虽然从始至终我都没能看到那个女生的模样，但是不知道为什么，我却总觉得自己好像在哪儿见到过她。

唉……不想了，我还是赶紧逃命要紧！

好不容易跑回教室，我刚刚气喘吁吁地在自己的座位上坐下，气都还没喘匀，贝里斯便顶着那张帅气的“冰山脸”出现在了我的眼前。

“你刚才去哪儿了？”他双手撑在我的课桌上，居高临下地看着我。

“没，没去哪儿！”

可恶，我居然紧张到结巴了。

“既然没去哪儿，那你慌什么？”贝里斯明显不相信我的话，不过还好，他还没来得及再多说什么，上课铃声就响了。

他最终只能淡淡地瞥了我一眼，便无可奈何地坐到自己的座位上去了。

呼，还好，还好！

黎铭希怎么说也是贝里斯的好朋友，我可不能让他知道我在暗中观察黎铭希，否则他一定会阻止我的。

（二）

整个上午老师在讲台上说的内容我都没有听进去，满脑子都是刚才在后湖看到的画面。

好烦啊！

好不容易等到了黎铭希在学校里出现，却没有机会接近他，还差点被他发现我在跟踪他……

我们才见过一次面，他应该不会认出我吧？

还有那个女生，她不会有事吧？

我苦恼地扭头，便看到了坐在窗边的贝里斯。

盛夏的阳光透过窗外斑驳的树叶，散落在他身上的时候已经只剩下一点点的光，将他帅气的侧脸勾勒出一条淡淡的光边。

他正认真听着老师讲课，时而单手托着下巴思考着什么，时而又皱起眉头在纸上涂涂写写……

我一直处于混沌的状态，就这么盯着他的侧脸发呆了许久都不自知，直到贝里斯不耐烦地抬头，用力地将我的脑袋推回了面向黑板的方向，轻声威胁道：“认真听课！”

我木然地看着他，一会儿后便又忍不住开始对着黑板发起呆来……

还好，一直到中午下课之前，没有听说哪个班有女生失踪之类的消息传来，我这才稍微放心了点。

午餐时间，我跟在贝里斯的身后往学生餐厅走去，路过实验楼的时候，某个实验室里突然传来兴奋的尖叫声。

我错愕地抬头，就见一个熟悉的身影很快出现在实验室门口。

黎铭希正快速往门外走，顺手快速脱下了身上的白色大褂，露出里面不知道什么时候换上的校服。

他身后跟着一群尖叫不止的女生，以及皱着眉头正艰难地往外挤的老师……

见到我们，他眼睛明显一亮，随即转身轻笑着对身后紧追不舍的女生们摆了摆手，朗声道："大家别再跟着我了，都去吃饭吧！我的朋友也到了，拜拜！"

说完，在女生们依依不舍的"拜拜"声中，他几个跨步走到了我们身边，伸手揽住了贝里斯的肩膀，开心地露出脸上可爱的两个小酒窝："真巧呢，一起吃饭吧！"

没想到这么快就又见到他了呢，我心里又是惊喜又是忧愁。

惊喜的是，越多的相处就表示我能越快地了解他这个人；然而忧愁的是，经过先前的那么一出，现在看到我，不会让他想起上午湖边那个背影就是我吧！

"不好！咱们还是各自分开走比较好。"贝里斯想也没想就冷漠地拒绝了他。

"为什么呀？"黎铭希不满地嘟囔着，回头看了一眼身后的女生们，一脸的苦恼。

"因为不想被当成你逃避女生追逐的借口，因为不想吃个饭都不安稳，因为不想被女生们的尖叫声包围，这样的理由够吗？"贝里斯仍旧一脸无情地回答。

他们真的是朋友吗？

不过看黎铭希仍旧笑眯眯的，似乎一点也不觉得尴尬的模样……

好吧，希望是我想多了！

“真是绝情呢！”黎铭希笑眯眯地说着，突然转头看向了我……

我立刻心虚地避开了他的视线。

“霏霏同学！”黎铭希歪着脑袋，小幅度地朝我挥了挥手。

不过……看他仍旧一脸笑眯眯的模样，应该没有发现那个人就是我吧。

“嘿……”我小声回答。

“不介意我和你们一起午餐吧？”他微笑着歪头，直接跳过贝里斯，认真地问我。

但不知道是不是我的错觉，他的笑容似乎和刚才面对贝里斯的时候有点不一样，有种……有种笑意未达眼底的感觉。

可是为什么呢？

难道他已经认出我了？还是……因为我们才见过一次面，他和我不熟才会笑得这么不自然？

但是……

“好呀！”我微笑着点了点头。

管他呢，现在可是获取他信息的最佳时机，这么好的机会，我怎么能轻易放过！

当我们艰难地抵达学生餐厅的时候，我终于发现之前贝里斯拒绝黎铭希一起吃饭，还是很有先见之明的。

贝里斯虽然不是偶像，但是不输偶像的帅气外表，让他和黎铭希站在一起的时候显得毫不逊色。于是，当两个气质迥然不同的偶像级帅哥走在一起，我的耳边就只剩下女生们的尖叫声了。

前往学生餐厅的短短几分钟的路程中，贝里斯的脸色已经变得非常难看，孔雀石般璀璨的墨绿色双眸中卷积着风暴，似乎随时都会爆发……

而可怜的我，比他也好不了多少，在女生们森冷的质疑目光中，等到平安抵达学生餐厅的时候，我感觉到自己的校服衬衫都已经被汗水浸湿了。

而我们三个人中，唯一感觉良好的就只有黎铭希了。

虽然和贝里斯一样被女生们热情地包围着，但是黎铭希却始终面带微笑，露出脸上的招牌小酒窝，神清气爽地和女生们打着招呼……

学生餐厅里的独立餐厅，我们点的食物很快就被送了上来。

我看着盘子里搭配着的各种肉类，忍不住大大地吞了一口口水。

嗯，我决定化惊吓为动力，把刚才从那些女生那里受到的惊吓，全部吃回来。

但是……

我为难地看着盘子里搭配的蔬菜，迟疑地看向贝里斯："贝里斯，我不要吃青菜……"

贝里斯正在问着黎铭希的下一步工作计划，听到我的话，他淡淡地扫了我一眼，语气淡定地回答："扔掉！"

"不行，你自己说的，不能浪费粮食！"我把他教育我的话重新丢回给了他。

"那你就自己吃掉！"他皱眉，不耐烦地看了我一眼。

"不要，我不能吃的。"我委屈地看着他，撇了撇嘴。

他皱了皱眉，默默地看了我一会儿，终于心不甘情不愿地把自己的盘子移了过来："我算服了你了，夹给我吧。"

我立刻开心地把自己面前的青菜全部都拨到了他的餐盘中，心满意足地笑了起来："贝里斯，你真好！"

"吃你的吧！"贝里斯瞪了我一眼，伸手从自己的盘子里夹了个鸡腿放到我的碗里，才把自己的餐盘拖了回去。

黎铭希看了看我，又看了看贝里斯，一脸古怪地指了指贝里斯说道："他……接收了你不要的食物？"

他不是一直在看着吗。

我莫名其妙地点了点头："对啊，有什么不对吗？"

"没，没有！"黎铭希说着，笑得一脸暧昧地朝着贝里斯挑了挑眉头，"贝里斯……"

贝里斯夹菜的空隙慢条斯理地抬头看了他一眼，便再次当他不存在似的低下了头。

不知道是不是我的错觉，黎铭希再次看向我的时候，脸上的表情突然变得热切了起来，就好像是在冬日里快要熄灭的火苗中加入了一把干柴，热烈得让我有些不敢直视。

"霏霏，你和贝里斯的关系真好呢！"黎铭希轻轻挑了挑眉，趴在餐桌上微笑着朝我眨了眨眼，露出嘴角两个淘气的小酒窝。

"嗯……"我嘴里塞满了香喷喷的烤肉，含糊地应着。

嗯，这个好好吃，比鸡腿还要好吃。

正巧这个时候，套餐附赠的饮品送上来了，可没想到居然是橙汁。

我为难地看着杯子里的橙汁，又看了看黎铭希面前什么饮料也没点，便将自己面前的饮料推给了他，吃力地咽下嘴里的食物，说道："这个橙汁……嗯，给你喝，我不喝饮料的。"

没想到却被黎铭希拒绝了："谢谢，不过我平常也不喝饮料的。"

"为什么呀？"

"嗯……只是我习惯了喝清水而已，就和你一样，贝里斯也知道的。"黎铭希有点无奈地耸了耸肩。

习惯喝清水？这不就是我们阿尔法星球公民的特征吗？

（三）

我满意地暗暗点头，很想上去拍拍他的肩膀："别装了，我都已经知道了！"

不爱吃蔬菜只爱吃肉，这点虽然和我们星球的人很符合，但是听贝里斯说，好像很多地球人也会出现这样的问题，他说这叫……对，叫"偏食"。

但是，不喝饮料只喝清水的人应该很少吧？而且要两样都符合，并且同时和星际逃犯长得那么相似，这样的巧合，概率应该是无穷小吧？

不过……如果万一他真的只是一个长得像那个星际逃犯又有着奇怪癖好的人呢？

算了，反正我现在也回不去阿尔法星球，就再继续观察观察吧！

这样想着，我正纠结着该怎么处理这杯饮料，贝里斯却突然将那杯橙汁移到了一旁，不耐烦地说："一杯饮料而已，磨磨叽叽的，不喜欢的话放一旁，直接让服务员送杯清水上来就行了。"

说话间，他抬手吩咐服务员端一杯清水过来。

呜呜，贝里斯真好！

虽然他总是一脸不耐烦的样子，但是内心很柔软呢。每次我求他的事情，虽然他嘴上说着不同意，可最后还是都答应了我的要求。

"谢谢你，贝里斯。"我捧着服务员刚刚送上来的水杯，笑嘻嘻地看向他。

贝里斯优雅地吃完最后一根小羊排，才擦了擦嘴，好看的墨绿色眼眸都微微眯了起来。

他一脸惬意地靠在椅背上，端起面前的橙汁喝了一口，才说道："你只要别再给我添麻烦就行了！"

好吧，我知道自己最近给他添了很多麻烦。

"对不起……"我羞愧地低下了头，想了想，从盘子里夹了两根比较短的小羊排，十分不舍地放到了贝里斯的盘子里，"给你。"

贝里斯一愣，茫然地看了看自己盘子里的小羊排，一脸哭笑不得又隐隐有些开心的样子："你这是干什么？补偿吗？"

我才不会告诉他，只是因为他刚才吃小羊排时脸上的表情太享受了，我忍不住想再看一次！

"这是对你的感谢，你们地球人不是都说要礼尚往来吗。"我嘴里啃着鸡腿，再次看了看躺在贝里斯盘子里的两根小羊排，含混不清地说道。

"地球人？"贝里斯还没来得及回答，身边就突然传来另外一个人的声音。

完蛋了，我忘记黎铭希还在旁边了！

现在怎么办？我手里抓着鸡腿，茫然地看向贝里斯。

贝里斯也是一愣，他放下了手中的橙汁，抬头不满地瞪了我一眼，才转头看向身旁的黎铭希：“别听她胡说八道！她最近迷上一个什么外星人的电视剧，每天都称自己是外星人，改都改不过来了！”

黎铭希这才轻笑起来，他看向我，狭长的双眼眯成弯弯的月牙状，嘴边的一对小酒窝显得格外迷人：“小霏霏，你还真是可爱呢！”

“呵呵！”我干笑，冷汗都被吓出来了。

不过还好，勉强逃过一劫。

“不过……霏霏，你也太偏心了吧！为什么你的羊排只给贝里斯，却不给我？”我刚松了一口气，黎铭希却又再次凑了过来，伸手指了指我盘子里仅剩的三根小羊排，可怜兮兮地说。

咦？

“可是贝里斯给了我鸡腿啊，你又没给我。”我下意识地伸手护住了面前的食物。

虽然我更喜欢吃大块大块的肉，但是这种带点骨头的肉也别有一番风味呢！

黎铭希一愣，显然没料到会被拒绝，他脸上的表情维持在可怜和错愕之间，看上去有点滑稽。

“噗，哈哈……”身边传来贝里斯的大笑声，好半晌他才颤抖着叉起一块小羊排，故意对黎铭希说道，“有些人啊，就是自取其辱！”

黎铭希抬头看看我，又看看贝里斯，一脸无奈地捂住了自己的脸。

我茫然地看着他们，我又做错了什么吗？

还好，黎铭希很快便跟着贝里斯笑了起来，他颤抖着，笑声从双手的指缝间漏出来："哈哈，小霏霏，你果然很有趣呢！"

有趣？不给他东西吃很有趣吗？地球人的思维真是奇怪呢！

接下来的时间，黎铭希对我的态度好像突然变得亲昵了起来，时不时开口和我分享几句他在拍戏的时候遇到的一些有趣的事情。

难得他愿意主动说起自己的事情，我当然也开心地回应着。

只是不知道为什么，我们聊得越开心，贝里斯的脸色就变得越难看，但是贝里斯的脸色变得越难看，黎铭希就会变得越活泼。

边吃边聊中，我又从盘子里翻出几根蔬菜，下意识地夹起来打算丢到贝里斯的盘子里，却立刻被他瞪了一眼："你都已经吃过的菜，还要给我！就这么几根了，你就不能剩到盘子里吗？"

"我……"我迟疑地举着筷子，丢给他也不是，收回来也不是。

"算了，丢这里吧！"贝里斯一脸无奈地看着我，随手拿过了一个空盘子放到了我的面前。

黎铭希含笑地看着我们的互动，突然他将自己面前的盘子往贝里斯面前推了推，一脸期待地看着贝里斯："贝里斯，我的蔬菜也吃不完呢！这边我都没碰过的，可不可以……"

却只得到贝里斯一句毫不留情的话："不可以！"

"你，你……你重色轻友！"黎铭希佯装生气地撇了撇嘴，眼中却带着明显的笑意。

"有病就去吃药！"贝里斯瞪了他一眼，无奈地放下了手中的筷子，"别添乱了，你们俩的情况不一样。"

"哪里不一样了？"黎铭希无辜地说，顺便还故意朝我这边靠了靠，朝贝里斯露出个笑脸。

贝里斯瞥了我一眼，叹了口气："你管那么多，反正你们就是不一样就对了。"

我知道贝里斯说的"不一样"是指——我是因为是外星人才不可以吃蔬菜，而黎铭希却是因为挑食不吃蔬菜。

但是，这次他猜错了……

"我们明明就是一样的。"我忍不住强调。

黎铭希就是跟我一样的呀！

他和我一样都是阿尔法星球上的公民，所以当然也不能吃蔬菜啦！

可是我才说完，贝里斯却立即瞪了我一眼，一脸恨不能咬死我的表情。

"对啊，对啊，我和小霏霏没有什么不同啊。"黎铭希嬉笑着附和，满意地和我交换了一个得意的眼神。

贝里斯气得脸都绿了，他无奈地看着我和黎铭希一唱一和，半晌，有些心灰意冷地说了一句："懒得理你们！"

（四）

午餐的时候我和黎铭希聊得很开心，他讲的那些在拍戏过程中遇到的事情真的太搞笑了，害我差点都忘记他可能是一个穷凶极恶的星际逃犯的事情了。

不过即使如此，整个下午我也超级开心，感觉自己离那笔巨额的举报金又靠近了一步。

但是反观贝里斯，从餐厅回来后一直沉默不语，使得原本就没什么表情的俊脸看上去越发阴森了。

我好几次试图和他说话，都被无视了，渐渐地，我也不敢再和他搭话了。

好不容易熬到了放学，回到家后，贝里斯就一直沉着脸坐在沙发上一声不吭。

难得我没让他提醒就乖乖地坐到了远离客厅的专属小板凳上，默默地吃了晚饭，又默默地做完了今天老师留的作业。贝里斯却还是没有要理我的意思，甚至连看都懒得看我一眼。

什么嘛，他到底在生什么气啊！

难道就因为我说了一句自己和黎铭希一样？他也太小心眼了吧！

贝里斯此时坐在客厅的沙发上看着电视，电视上正在播放着一部哭哭啼啼的电视剧，他已经很久没换过姿势了。

他平常不是最讨厌这些哭哭啼啼的电视剧了吗？

我疑惑地看着他，小声地叫道：“贝里斯……”

……

“贝里斯？”

……

“贝里斯。”

他是睡着了吗？

我忍不住从自己的座位上站了起来，走到了他的身边，伸手推了推他：“贝里斯！”

“什么事？”贝里斯像是这才回过神来似的，一脸茫然地回头看向我。

“你今天到底怎么了？”还在因为中午的事情不开心吗？

贝里斯似乎想到了什么不开心的事情，脸色立刻再次变得难看起来。他认真地看着我，孔雀石般的墨绿色双眸中此刻像是笼罩上了一层雾气，看不出他的情绪。

半晌，他突然叹了口气，说道：“鲁霏霏……”

“嗯？”

“你就真的那么喜欢阿希？”

“啊？谁说的，我没，没有喜欢他啊！”

他怎么会以为我喜欢黎铭希？这个问题我不是早就和他说过了吗？

“真的？”像是不确定我到底是不是在撒谎，贝里斯再次确认道。

“真的！”都说了，谁会喜欢上一个星际逃犯啊！

他这才松了口气，双眸中的雾气散去，又变回了那个有点“毒舌”有点不可一世的贝里斯：“这就好！”

“你就是因为这个不开心？”

贝里斯皱了皱眉，却对我的问题避而不答，他伸手敲了敲我的脑袋，不耐烦地说：“总之，作为你在地球居住期间的朋友，我必须善意地提醒你，不要太靠近阿希。”

“为什么？”难道他也发现黎铭希的可疑之处了？

“没有为什么，叫你不要接近他，你只要乖乖听话就好了。”贝里斯收回视线，重新看向电视屏幕。

我这才注意到，刚才我们靠得有多近，我甚至闻到了他转身时衣服上飘出的淡淡香气，心跳忍不住漏了一拍……

“可是，做什么事情总得有个理由吧？”我有些不自在地站直了身体，稍微离他远一点儿。

贝里斯白了我一眼，明显不满我的追问：“理由就是他的身份很特别，惹上他不但会很麻烦，而且还很危险！”

惹上他很麻烦，而且还很危险？难道贝里斯也发现黎铭希是个危险人物了吗？

竟然连贝里斯也这么觉得，那黎铭希的真实身份就更值得怀疑了！

“真的吗？你真的也这么觉得？”我兴奋地一屁股在他身旁坐了下来，下意识地抓住了他的手臂。

“当然是真的。”贝里斯莫名其妙地看了我一眼，似乎不明白为什么他说黎铭希危险，我会这么开心。

“其实我也是这么觉得的。”

像他这样隐藏身份待在地球上的星际逃犯，对大家来说确实太危险了。

“你已经意识到这点了就好。”贝里斯这才满意地点了点头，长舒了一口气。

虽然他的提醒让我很开心，可是……“那我要怎么样才能避开危险接近黎铭希呢？”

贝里斯明显被呛住了，他整张脸都瞬间扭曲了，牙齿咬得“咯吱咯吱”响，我甚至清楚地听到了贝里斯握拳发出的响声……

他，他突然又怎么了？

“鲁菲菲！”贝里斯一字一顿地叫着我的名字。我害怕地往后缩了缩身体，担心他会突然一拳挥出来，砸扁我可怜的小脸蛋。

还好，他最终什么也没做，只是气呼呼地朝着我大吼了一句“你真是不可救药了”，便摔门而出。

“喂，你去哪儿啊？这么晚了？”我对着已经合上的门板，越说越小声。

好像又惹他生气了呢！

可是，他到底为什么又生气了呀？我一头雾水地愣在了原地。

地球人的思维真是复杂呢，太难讨好了！

我双手抱膝缩到沙发上，无奈地摸了摸头顶只剩下一小撮的可怜头发……

“你到底要什么时候才能完全修复呢？”

等你修复完成，我就可以早点和母星上的人联系，回去领赏钱了。

“我想家了！”

地球上的时间好像过得特别快，转眼一个星期就又快结束了，今天又是星期五。

那天贝里斯摔门而出后，黎铭希一直都没在学校出现过，见不到他，贝里斯也就渐渐忘记了生气的事情。

所以，我们又和好了。

今天傍晚，我跟贝里斯一起做完值日，走出校门的时候，学校里已经没什么人了。

贝里斯才出校门就被一个戴着鸭舌帽的男生喊住了。

男生看上去很高，像是电视里那些篮球队员，他倚靠在校门口的白色罗马柱旁，身上穿着一套松松垮垮的球服，看到贝里斯后，他立刻直起了身体朝着我们走了过来。

他是谁？好像不是我们学校的学生。

“你怎么来了？”等到男生站定在我们面前，贝里斯停住了脚步，往他的肩上轻轻地打了一拳问道。

听到他的问题，高个男生立刻神奇地变了脸，一脸凄惨地哭诉：“贝里斯，你上次真的太不够意思了！你怎么可以中途逃跑？第二天老板发现店里线路短路，而我前一天晚上却什么都没告诉他，你知不知道他有多暴躁？这一个月时间，他每次看见我就念叨，我每次一准备开口和他提调休的话题，他就旧事重提……还每个周末都被抓回去上班，我真的快要死了！”高个男生回头匆匆看了我一眼，还在边走边说着，他长长地叹了口气，随即将整张脸都凑近了贝里斯道，“你看，你看……我黑眼圈都熬出来了！”

“喂喂喂，够了，俞海！”贝里斯僵硬地将脑袋往后仰，无奈地伸手推开了俞海凑上来的脸。

两个男生凑在一起看对方黑眼圈什么的，确实太奇怪了！

不过，没想到他就是那个叫俞海的男生呢！

“我不管！老板这周好不容易才答应放我一天假，你必须补偿我……”刚刚被推开，俞海便又再次凑了过去。

贝里斯回头看了看我，又看了看俞海，揽着俞海的肩膀便往旁边走去：“我们去那边说……”

我正想跟过去，贝里斯又回头叮嘱我道：“你在门口等我一下！”我便乖乖地停住了脚步。

“她是谁啊？挺可爱的……”俞海好奇地看了我一眼，便被贝里斯不由分说地拖走了。

我在原地站了一会儿，又不知道贝里斯他们要聊多久，觉得站在大门口好像不太好，便干脆慢悠悠地挪到了路边的景观园林旁，打算在路边的长凳上坐一会儿。

傍晚的校门前，白色的大理石柱被金色的光芒照耀着，有一种仿佛希腊神话中众神降临前的宁静气氛。

而在校门内侧，在这个精致的景观园林旁，静谧安宁的气氛却在下一秒被打破了……

“对不起，但我还是觉得我们不合适，所以……我们分手吧！”熟悉的男声从园林后面的石山传来。

咦？为什么声音这么熟悉？

我立刻站直了身体，朝着声音传来的方向走去……

第五章

Alpha Girl Star

CHAPTER

05

别对别人的女朋友动手

（一）

“为什么？之前我们不是还好好的吗？”女生的声音带着几分伤心和难以置信。

她的声音也很熟悉，我更加确定这两个人一定是我认识的人。

于是，我坚定地朝着声音传出的方向走去……

“没有为什么，只是感觉不对了。”男生叹了口气，淡淡地说。

我好像知道他们是谁了。

我转过一个弯，长满了青苔的假山旁边此刻正站了两个人。

我就知道是他们！

黎铭希一身校服，双手随意地插在裤子的口袋里，脸上是难得的认真表情……

他身前的夏岚穿着一身清新的浅黄色蕾丝蓬蓬裙，正一脸希冀地拉着他的手：“希，你这是在跟我开玩笑的，对吧？”

“你知道我是认真的。”

夏岚彻底沉默了，她的双眼弥漫上了一层雾气，很快，两行泪水从她的眼中流了下来。

她紧紧地拉着黎铭希的手，边啜泣着边说道：“我不要分手！如果我做错了什么，我改还不行吗？咱们不要分手好不好？”

“别这样，夏岚！你没做错什么，是我的问题，我们真的不合适。”黎铭希皱着眉头，温柔但坚定地甩开了夏岚的手。

“呜呜呜，我不要分手！”夏岚却越说越激动，她死死地拖着黎铭希的手臂，嘴里一直重复着“我不要分手”几个字。

我知道偷听是不对的，我应该马上离开，可是心里却更加好奇黎铭希的反应。那天在后湖边向他告白的女生不是已经被他拒绝了吗？那为什么他还要分手？

难道还有其他原因？

黎铭希低着头不说话，细碎的头发遮住了他的眼睛，让人看不太清他此时的表情。最终，他轻轻地拥抱了夏岚，轻声安慰道：“别哭了，你一定会找到一个更疼你、爱你的人的。”

夏岚抬起头，流着眼泪希冀地看着他。

黎铭希却避开了她的视线，半晌，他放开了她，抿了抿嘴迈步离开……

啊，糟了！

我连忙想要转身，但是已经来不及了。

后知后觉的我，就这样猝不及防地和黎铭希来了个四目相对……

被发现了！

与此同时，一脸泪痕的夏岚也发现了我。

“呃……”这样的场面也太尴尬了吧！

我尴尬地低头看了看自己的鞋子，又看了看同样尴尬的黎铭希和夏岚，最终摸了摸自己的头发，干笑着说了一句："哈哈，好巧！"

"小霏霏，你怎么会在这里？"黎铭希虽然看起来有些惊讶，但还是微笑着问道。

夏岚擦了擦脸上的泪水，看了看我，又看了看一旁的黎铭希，脸上的表情突然变得奇怪起来。她瞪着我，双眼中充满了怀疑。

"是不是因为她？"她看着黎铭希，手指着我，"是不是因为她你才要跟我分手的？"

啊？这都什么跟什么呀！

黎铭希愣了一会儿，似乎才明白她的意思，顿时有些哭笑不得："你胡说什么呢。"

"我问你，到底是不是因为她？"夏岚仍旧不依不饶地追问着，而黎铭希干脆转过了头，不再理她。

我正犹豫着要不要悄悄走掉，夏岚却突然一个箭步冲到了我的面前。

她要干什么？

说时迟那时快，夏岚突然扬起手朝我挥了下来……

不会吧！

我被她突如其来的动作吓傻了，来不及作出任何反应，便已经看到她的手掌在我面前迅速地放大……

完蛋了，看样子这一巴掌是肯定躲不过了！我认命地闭上了双眼。

"啪——"

然而，疼痛并没有如期降临……

我慢慢地睁开双眼，就见自己正被笼罩在一片阴影里，一只大手从我的后方伸出，牢牢地抓住了夏岚的手腕。

而黎铭希正一脸惊讶地站在夏岚的身旁，他的双手伸了出来，似乎也打算阻止她，但是显然，有人比他快了一步。

是谁救了我？

“放开我……”夏岚看向我的身后，害怕地挣扎着，却怎么也无法从那只大手中挣脱。

我疑惑地回头，差点被眼前的画面弄得忘记了呼吸。

男生像是一道巍峨的屏障般护在我的身后，此刻，他的身体前倾，右手微微抬起，健硕的身体在合身的校服中绷得紧紧的。

他背对着夕阳，我看不清他脸上的表情，只能看到那双孔雀石般的双眸在阴暗的环境中射出冷冷的光芒……

就像是一只蓄势待发的雄狮，此刻的贝里斯全身上下都充满了力量。

真是……用他们地球人的说法就是——帅呆了！

夏岚早已经吓得全身发抖，嘴里却还是不肯示弱地叫着：“你放开我！这，这是我们之间的事，关你什么事呀？”

“你们之间的事情？”贝里斯冷笑，阴森森的语气顿时让周围的空气都凝结了。

半晌，他才甩开了夏岚的手，沉声说道：“不要随便对别人的女朋友动手动脚的！”

“什么？”夏岚似乎没明白他的意思，反问道。

好吧，其实这也是我想问的。

别人的女朋友？他是在说我吗？可是我没有和别人在交往啊！

“听不懂我的话吗？还要让我再解释一遍吗！”贝里斯沉声反问，又朝着夏岚逼近了一步。

夏岚已经被他吓坏了，黎铭希这个时候连忙上前一步，抓住了夏岚的手臂皱眉道：“你刚才太过分了。”

夏岚看向黎铭希，眼泪又掉了下来。

她突然甩开了他的手，崩溃地叫道：“都是你的错！”说完，头也不回地跑掉了！

“对不起，她太冲动了！”黎铭希看着夏岚的背影消失在假山后面，才回头苦笑着对我说道。

“没事，没事。”我连忙摆了摆手，又不是他的错，而且她也没真的打到我。

贝里斯一把拉住了我的手，对一旁一脸愧疚的黎铭希说道：“管好你的女朋友，不要对别人造成困扰！”

“我们已经分手了。”黎铭希似乎还没从眼前的冲击中回过神来，随口说道。

“那是你们之间的事情！”贝里斯将夏岚的话扔回给黎铭希，说完拉着我大步离开。

（二）

校门口，没想到俞海居然还没离开。

看到贝里斯拖着我走出来，他立刻凑上来，一脸惊奇地看着我们握在一起的手，怪声怪气地对贝里斯叫道：“贝里斯，你真的交女朋友了？太不够意思了吧，居然连咱们这些兄弟都不说？”

贝里斯好像没听到他的话似的，继续拉着我大步往前。

我不是他的女朋友！

我很想否认，但是贝里斯真的走得太快了，我几乎是一路小跑才能勉强跟上他，实在没有多余的精力反驳了。

俞海还在身后叫。

“喂，你这个重色轻友的家伙！”

“好吧，好吧，你刚才答应的事情可不能后悔哦！喂，喂……”

“我明天晚上过去，你记得做好准备……”

俞海还在背后继续嚷嚷，大有如果贝里斯不答应，他就会一直嚷嚷下去的架势。

不过，明晚他们到底要干什么？

贝里斯似乎也受不了他的唠叨了，脚步不停，只背对着他抬手比了个“OK”的手势：“好！”

身后的声音终于停了下来，但是很快，俞海兴奋的声音又隐隐约约地再次传了过来……

“喂，阿希，你今天也没回去吗？明天我和贝里斯约了……你要不要一起？”

咦？黎铭希也认识俞海吗？

我想要回头看看身后，贝里斯的脚步却迈得更大了，抓我的力气也越来越大。

“呜呜呜，贝里斯，你弄疼我了！”我大叫着，用力把自己的手腕从他的手中挣脱了出来。

贝里斯这才停住脚步，看着我变得通红的手腕，像是在压抑着什么，深吸了一口气，一脸歉意地说道：“对不起，我不是故意的。”

“没关系啦，其实也不是很疼，嘿嘿……”我傻笑起来。

他这样说，我反而不好意思了，毕竟人家刚刚救了我！

不过……

“对了，贝里斯，你先前那句话是什么意思？”我抬头看向贝里斯，却在对上他的视线后，声音渐渐弱了下去，“‘别人的女朋友’什么的……”

贝里斯一僵，顿时一脸不自在地移开了视线：“没什么意思。”

“没什么意思到底是什么意思呀？”我忍不住拉了拉他的手臂。

他越是不说，我就越会忍不住好奇。

“嗯……”诡异的暗红从他脖子根一直蔓延上来，他目光游移，半晌才一脸恼羞地说，“反正我这是为了你好。”

“啊？”

“难道你真的想被人甩耳光吗？”

“好像也是哦……”我似懂非懂地点点头，想起刚才贝里斯救场的画面，我便忍不住再次兴奋起来，开心地抓住贝里斯的手说，“哇，贝里斯，你刚才真是太帅了！哈哈，你看到夏岚刚才的表情了吗？你要是再瞪她一眼，她绝对会被吓死的……”

贝里斯低头看了看被我拽住的手，脸上闪过一丝得意。

我也不是很介意他的沉默，继续将心中的疑惑说了出来：“不过，黎铭希到底为什么要和夏岚分手呢？”

贝里斯的脸色却立刻变了。他突然甩开我的手，冷冰冰地说道：“那不是正合你意吗？这样你就终于有机会了！”说完，他便气冲冲地走了。

那语气，和刚才面对夏岚的时候差不多。

我看着他的背影，心里有些失落，又有些莫名……

愣了一会儿，我才反应过来，连忙追了上去：“喂，贝里斯，你等等我！你为什么突然又生气啊？还有，什么叫我终于有机会了？喂，贝里斯！你走慢点啦！贝里斯，你等等我……贝里斯……”

“再啰唆，明天早上就给你准备全青菜早餐！”贝里斯突然凶巴巴地回过头，不耐烦地对着我吼。

好吧，我还是乖乖闭嘴好了。

第二天是星期六，不用上课。

清晨，闹钟刚刚响起，我就立刻从床上蹦了起来……

昨晚贝里斯回到家后就一直不肯理我，不管我说什么他都直接当我不存在，虽然我到现在都不知道他到底在气什么，但是被他无视的感觉让我很难过。

想了一个晚上，我今天特意起了个大早，就是为了给贝里斯准备一顿丰盛的早餐。

希望他看在我这么努力表现的面子上，原谅我这一次……

呜呜，为什么感觉那么心酸？

我连头发都没有整理，就直奔厨房，学家里的仆人那样系好围裙，然后……

然后我就无力了。

我看着眼前那些闪闪发光的厨具，完全不知道如何下手。

不管了！

因为好奇这些美味是怎么做出来的，我平常其实都在偷偷观察仆人是怎么下厨的，所以照着记忆做的话，应该问题不太大吧！

深吸了一口气，等到情绪完全平静下来，我才靠近冰箱。

虽然我已经渐渐适应了地球的波长，但是偶尔情绪波动太大的时候还是会在不经意间把电器破坏掉。

呜呜，鲁霏霏，你今天可千万不能再闯祸了，贝里斯现在还在生我的气，如果我再闯祸，一定会被他赶出去的。

呼，还好，鸡蛋成功取出，冰箱的电流也没有出现任何波动。

我学着仆人平常的样子先倒了点油在锅中，等锅子里冒出点白烟的时候再把鸡蛋打碎了放进去。

不一会儿，在油锅中的鸡蛋便发出“吱吱”的声音，我还在回忆接下来该怎么做，一阵煳味便钻进了我的鼻子。

呀……鸡蛋怎么变成黑色了？

我赶紧拿起铲子想把烧焦的鸡蛋从锅里铲出来，可是，手忙脚乱之间……

“哐当——”铲子掉到了地上。

我连忙弯腰捡起铲子，闻着越来越浓郁的煳味……啊啊啊，还是先把火调小一点再说。

“啪——”完了，扭错方向了！

突然升高的温度，让锅里的鸡蛋突然燃烧起来。

“轰”的一声，满锅都是火，我躲避不及，只觉得脸上一热，额前的头发就被烧焦了，四溢的煳味呛得我立刻咳嗽起来。

完蛋了，我不会把厨房烧掉吧？

我慌乱地看着越烧越高的火，完全不知道如何是好……

我手忙脚乱地把锅边的一大堆青菜全部丢到锅里，才终于把火压灭了。

呼……

“你在干什么？”

我刚松了一口气，贝里斯冰冷的声音突然在身后响起。

我立即打了一个寒战，连忙转身，心虚地试图挡住身后的那一片狼藉：“没，没干什么。”

“啪——”

因为太紧张，厨房的抽油烟机被我烧坏了！

贝里斯的脸瞬间彻底黑了，他冷冷地盯着我，一字一顿地说：“我再问一遍，你到底在干什么？”

我立刻心虚地低下了头。

这下好了，我不仅把厨房弄得一团糟，还烧掉了厨房的抽油烟机，贝里斯一定会把我赶出去的！呜呜……

（三）

“我，我……”我把头埋得低低的，沮丧地向他解释，“对不起，我知道我昨天惹你生气了，我……我只是想给你做一顿早餐，可是……”说到这里，我的鼻子一酸，一滴黑色的眼泪便掉在了我的手背上。

我已经顾不上想自己的眼泪为什么会变成黑色的，现在我心里难过得快要死掉了。

明明答应了贝里斯不再惹麻烦的，可是现在……呜呜，他一定讨厌我了！

鲁霏霏，你真是太没用了！

我已经做好了迎接一顿痛骂的心理准备，可是没想到，听到的只是一声叹息。

下一秒，我已经被贝里斯拉入了怀中，他一脸宠溺地摸了摸我的头，感叹道：“你啊……我该拿你怎么办？”

此时，我的脸紧紧地贴在贝里斯的胸前，鼻尖闻到的都是他身上散发出来的清新气息，瞬间有了一种眩晕的感觉。

“扑通扑通——”

我已经分不清这到底是我的心跳声还是他的心跳声，或者是我们俩的心跳在同一个频率上。

我只知道，我的脸越来越烫，越来越烫，头顶的头发似乎也激动地摇晃了起来……

我连忙推开贝里斯，站直了身体，却在看到贝里斯白色家居服上那黑黑的印记后，再次羞愧地低下了头。

呜呜，一定是刚才锅里突然起火把我的脸弄脏了。

“鲁霏霏，你是故意的吗？”贝里斯显然也看到了自己胸口的污渍，却没有嫌恶地立刻转身离开，反而靠近我，抬起我的脸，用指腹轻轻擦着我的脸。

“啊？”

那张再度在我眼前放大的帅气面孔，顿时让我失去了思考的能力。

“每次都故意捣蛋，然后露出一副既可爱又茫然的表情，让人拿你没办法……”贝里斯手上的动作不停，顿了顿才又继续说道，“让人……越来越想保护你。”

“保护我？”

我抬起头不解地望向他——为什么要保护我？

“我又没有遇到危险！”

“算了，就知道你不懂。”贝里斯用力地捏了我的脸一把，然后把我推上了楼梯，“早餐我来准备好了，你先上楼洗把脸。”

看他的样子，好像已经不记得昨天的事情了。

嘻嘻，管他呢，只要他不再像昨天一样把我当成透明人就好。

这样想着，我的心情再次好了起来。

可是当我把自己的脸洗干净后，却从镜子里发现……

“啊——”

我惊恐地冲出洗手间，奔进了楼下的厨房，紧紧揪住了正在准备早餐的贝里斯的衣服下摆，胡乱地指着自己的头顶对他哭诉道：“贝里斯，贝里斯，我的头发被烧掉了一截……”

呜呜，我好不容易才长长了一点的头发啊！

“嗯，这样也挺可爱的……”贝里斯淡然地看了我一眼，熟练地把锅里的培根翻了个面，空出来的手像是摸一条小狗似的摸了摸我的脑袋。

“不是啦！”我甩掉他放在我头顶的手，急切地说道。

他到底知不知道这意味着什么？

“头发被烧掉，我回阿尔法星球的日期又要推后了呀！”我整个人都陷入了一种焦躁的情绪中。

“嗯……”贝里斯顿了顿，嘴角似乎往上扬了扬，随即才又继续手上的动作，“那真是遗憾呢！”

可是他的语气里一点遗憾的意思都没有，反而好像很轻松。

哼！这个把自己的乐趣建立在别人痛苦上的家伙！

“好了，出去坐好，早餐快好了！”不等我抱怨，贝里斯将我推出了厨房。

一个上午，我都纠结于自己被烧掉的那一截头发，连今天贝里斯没有强制要求我去坐我的小板凳都没有注意到。

下午，我正趴在客厅的沙发上看电视，原本安静的贝里斯家却突然变得热闹起来。

院子里的草坪上，穿着深蓝色统一制服的仆人们一直在来来回回地走动，男人们搬桌子布置场景，女人们准备餐具、食物之类的东西，一切忙碌却又有序地进行着……

我从沙发上跳起来，趴到客厅的落地窗上，看着外面的一切，不解地问贝里斯：“贝里斯，他们这是在干什么？”

“哦，忘了跟你说了，今晚会有客人过来。”贝里斯放下手中的书，抬头对我说。

客人？

“是昨天放学在校门口遇到的那个叫俞海的男生吗？”我不由得想起了昨天

在校门口，俞海追着贝里斯喊话的场面。

贝里斯点头："对，就是他们，我今晚会在家里开个party（派对）。"

"'趴体'？那是什么？"我回头看向贝里斯。

他皱了皱眉，才起身走到我身边，解释道："嗯……party就是一种聚会，就是一群朋友聚在一起玩耍、聊天、吃吃东西什么的。"

"那'趴体'上是不是有很多吃的？"我顿时满脸期待，"贝里斯，我也可以参加吗？"

"鲁霏霏，其实你是属猪的吧？说到吃的就双眼放光……"贝里斯回头看我一眼，一脸的忍俊不禁。

哼哼，看在美食的面子上，我决定先不和他计较。

"那我到底可不可以参加啊？"我急切地想得到他的同意。

"嗯，来吧！"贝里斯说着，一脸好笑地拍了拍我的脑袋。

"太棒了！"我兴奋得立刻跳起来，就要往外冲，却被贝里斯揪住衣领拖了回来。

他接着说："你可以参加晚上的派对，不过……有几个条件。"

"嗯，嗯，没问题！"我立刻点头。

只要让我参加晚上的活动，多少条件我都答应。

"第一，在派对上不准乱说话；第二，不准做出奇怪的举动。"贝里斯认真地盯着我强调，"第三，也是最重要的一点，和那些人保持距离。知道了吗？"

"嗯，嗯，知道了，我一定会乖乖的。"

"趴体"……好吃的……

"趴体"……好吃的……

这样想着，我仿佛已经看到满满一桌子的食物在向我招手，口水顿时又开始泛滥，我看一眼已经摆上银色餐具的长桌，忍不住又想往外跑：“我去帮忙！”

“站住！”

呜呜，衣领又被拽住了。

我哀怨地看向贝里斯，他却毫不留情地泼了我一盆冷水：“你去只会越帮越忙！你就在客厅坐着，在俞海他们到之前，不准出去添乱！”

我幽怨地看着他，但在贝里斯坚定的目光下，也只能乖乖地在窗前的小凳子上坐下。

“好吧……”

到底什么时候，俞海他们才会来呢？

我托着下巴把脸贴在窗子上，看着窗外来回走动的仆人，直到眼前的一切渐渐变得模糊……

（四）

一觉醒来后，天色已经完全暗了下来。

我简单地洗漱了一下，上楼换了一条清爽的柠檬黄的蓬蓬裙后，便又跑下了楼。

“嘟嘟嘟——”

正巧这时，门外响起了一阵汽车喇叭声。

我立刻打算往外冲，却被贝里斯一把拽住了手臂，他不放心地再次问道：

"还记得你先前答应过我的话吗？"

"记得啦，我都会背了！"我拍了拍自己的胸脯，快速地将贝里斯先前的要求背诵了一遍，"第一，不准乱说话；第二，不准做出奇怪的举动来；第三，和那些人保持距离。对吧？"

虽然我一再向贝里斯保证，但他好像还是不太放心："待会儿人多的时候，你就乖乖待在我身后，不要乱跑，知道了吗？"

"知道了，知道了！"我不耐烦地点头，眼睛已经不受控制地一直看向大门的方向。

"少爷，俞海少爷他们已经到了！"眼看贝里斯还要问下去，还好有仆人过来打断了他的话。

"好。"贝里斯叹了一口气，点了点头，这才往外走去。

夜幕下，一切都变得不真切。

然而，闪耀着的、大小小小、颜色各异的彩灯点缀着院子的各个角落，映衬着不远处波光粼粼的游泳池，呼应着头顶的星空，像是整个银河都骤然坠落在了眼前。

我忍不住瞪大双眼，惊呼道："哇，好漂亮！"

宽阔的草地上并没有过多的装饰，除了位于草坪正中央的那张长达五六米的长桌。此刻，铺着白色桌布的长桌上已经摆满了食物，被周围的灯光照着，闪烁着诱人的光……

好想吃……

就在我的思绪不由自主地越飘越远的时候，耳边突然响起俞海热情的呼唤："嘿，贝里斯！"

院子前的空地上，俞海站在一辆张扬的红色跑车前，他头上戴着一顶黑色的鸭舌帽，照旧是一身球服。

他得意地看了看院子，朝贝里斯吹了一声口哨，说：“不错，是我喜欢的风格！”

“嗯。”贝里斯淡淡地回应着，视线却完全落在了紧跟在他身后出现的人身上。

黎铭希今天穿了一件蓝色的棒球服，里面搭配红色的T恤，下身是一条洗得泛白的牛仔裤，和俞海站在一起，就像一对街头嘻哈少年。

他脸上的表情看上去有点冷峻，那对总是挂在脸上的可爱小酒窝难得地失去了踪影。

他今天心情不好吗？

我正想冲过去，却被贝里斯狠狠瞪了一眼。

好吧，我记得我答应过的。

我默默退回贝里斯的身后。

黎铭希像是这才看到我们，脸上立刻又露出了迷人的小酒窝，他轻笑着对贝里斯举起拳：“不介意我来蹭吃蹭喝吧？”

“当然！”贝里斯握拳，和他的拳头轻轻相碰。

下一秒，当贝里斯漫不经心的目光扫过刚才黎铭希出现的位置，他突然停顿了一下，回头看了一眼兴奋的俞海，挑了挑眉，用眼神示意之后问道：“她……”

我顺着贝里斯的视线看过去，就见一个熟悉的身影正从车里下来。

咦？叶菲林怎么也来了？

叶菲林今天穿得很随意，一身白色的运动服，头上还戴着一顶白色的鸭舌帽，长长的黑发扎成马尾束在帽子里，显得青春又活力。

我看了看自己身上的裙子，又看了看其他几个人身上不约而同的运动装束，就连贝里斯今天身上都是一套休闲的灰色运动装，突然有种格格不入的感觉……

俞海看着叶菲林，一脸情不自禁陶醉其中的表情，凑过来轻声对贝里斯解释："我昨天不是约了阿希一起吗？结果今天去找阿希的时候，正好遇到了叶菲林，所以就约她一起来了！哈哈……我这可是为了你好。"

俞海说着，一脸暧昧地朝贝里斯挤了挤眼，随即得到了贝里斯毫不留情的一拳。

叶菲林是去找黎铭希了吗？她果然是黎铭希的粉丝呢！

叶菲林从容地从车里出来，亮出她的招牌微笑向我们挥了挥手："嘿，贝里斯……嗯？鲁霏霏，你怎么也在这里？"

顿时，大家的视线都集中在了我的身上。

我出现在这里很奇怪吗？为什么大家好像都很惊讶的样子。

"霏霏同学，你……"黎铭希像是这个时候才看到我，也是一脸的好奇。

"啊……你就是昨天在学校门口和贝里斯在一起的那个女生，你叫鲁霏霏？"俞海突然推开黎铭希和叶菲林凑了上来，他看了看我，又突然一脸诡异地看了看贝里斯，恍然大悟般叫了起来，"你们在交往吗？"

……

大家顿时都安静了下来。

可是下一秒，他说出来的话，却让我顿时觉得眼前一黑。

他低头看了看我的脚，满脸震惊地看着贝里斯说："贝里斯，难道……你不仅和她交往了，还让她住在你家了？”

啊，糟糕！

刚才出来得太急，我忘记换掉脚上的毛绒拖鞋了！

第六章

Alpha Girl Star

CHAPTER 06

我好像喜欢上你了！

（一）

我好像又闯祸了！

“不是，不是，不是你们想的那样，我虽然住在这里，但是我们没有交往的……”我不停地挥舞着双手。

可是听了我的话，大家却一点也没有转移注意力，反而一脸了然地看着我。

大家的目光或好奇或复杂，我下意识地又往贝里斯身后缩了缩。

“不是你们想的那样……”贝里斯倒是比我淡定得多，他伸手把我从他身后抓了出来，大大方方地推到众人面前，“她父母都在国外，在国内也没有固定的居所，所以长辈们才会托我帮忙照顾她，让她住在我家里的。阿希也知道的……”

“真的吗？”俞海一脸狐疑地看向黎铭希。

见大家都看向自己，黎铭希愣了愣，才轻笑着点了点头：“对啊！”看向贝里斯的目光却有些微妙……

贝里斯连忙伸手揽住了他们，带着他们往里走去：“好了，别磨蹭了，赶紧进去吧！”

院子里，音乐已经响了起来。

带着强烈节奏感的音乐声带动着空气的流动，现场的气氛瞬间燃烧了起来。

男生女生三五成群，时而嬉戏打闹，时而又突然发出阵阵大笑……

我这才长舒了一口气，总算逃过一劫！

叶菲林不愧是校园女神，很快便被男生们围了个水泄不通，她微笑着倾听着身边的男生说着什么，脸上洋溢着自信的笑容。

我眼角的余光瞥见黎铭希正往人少的角落走去，我正想追过去，却被贝里斯抓住了手臂：“你去哪儿？”

“我……我……”绝对不能告诉他我是去找黎铭希。

就在我犹豫着该怎么找借口离开的时候，贝里斯已经毫不犹豫地打破了我的希望：“不管你想干什么，记住你之前答应了我什么！”

“我……”

我正想反驳，俞海却不知道从什么地方冒了出来，他不客气地拍了拍贝里斯的肩膀：“贝里斯，你和鲁霏霏到底是怎么回事？”

“什么叫怎么回事？我刚才不是已经告诉你了，她只是我父母朋友的女儿吗？”贝里斯长叹了口气，孔雀石般的双眸中闪烁着无奈的光芒。

“这个说辞，也就能骗骗菲林，阿希刚才的表情我可是看到了……”俞海一脸认真地说着，又撞了撞贝里斯的肩膀，“再说了，我可不相信你是热心到会照顾父母朋友女儿的那种人。”

贝里斯不是热心人吗？那么……他为什么会愿意收留我？

“既然你都已经看出来了，还有什么好问的……”贝里斯没好气地白了他一眼，转身就想拉着我离开。

俞海却先一步挡在了他的面前，看了我一眼，压低了声音道：“如果你真的是在和她交往的话，那叶菲林怎么办？”

“关叶菲林什么事情？”贝里斯咬牙低声说完，第一反应居然是看向我，见我正好奇地看向他，他不禁皱了皱眉，眼中出现了一抹我不懂的情绪。

接着，他对我说道：“你先去那边自己找点东西吃。”

“哦！”我点点头，立刻开心地往长桌的方向走去，去找黎铭希！

不过……什么叫他真的是在和我交往的话，叶菲林怎么办？难道贝里斯和叶菲林在交往吗？

虽然我知道他们一直是大家心中最般配的一对，但是……从来没听贝里斯说过呢！

可是想到这里，我的心顿时像是被针扎似的痛了起来。

等等……鲁霏霏，你这是在干什么？

就算人家在交往又和你有什么关系？还是去吃东西好了。

我拿着餐盘流连在摆放着各种美食的餐桌前，口水顿时有了泛滥的趋势。

“哇，这个真是太好吃了！”我夹，我夹，我夹夹夹……

哈哈，还有我爱的夏威夷果酱，多抹点好了！

还有好多好多的干果……

对了，黎铭希呢？

鲁霏霏你个猪脑子，竟然把这个重要人物给忘了！

我现在可是有任务在身的阿尔法星球少女鲁霏霏。

我四处张望着，边伸手抓了一把干果放到盘子里……

呼……还好，黎铭希没有跑掉，他被一群女生给包围了。

大明星黎铭希此时正不亦乐乎地和举着相机的女生们拍照，嘴边露出两个可爱的小酒窝……

呼……鲁霏霏，这么好的机会，你可一定要好好利用。

说不定趁着今天气氛这么轻松，能从他的嘴里多套出一点消息来呢！

嘿嘿，一想到今晚我就可以确定黎铭希的身份，我顿时忍不住偷偷笑了起来。

我果断地决定去找黎铭希，没想到我才靠近他们就被一个白色的身影挡住了去路。

我连忙抱紧了怀中的盘子，呼，还好我及时刹住了脚步，要不然就一头撞上去了。

是哪个可恶的家伙挡住了我的去路？

我愤愤地抬头一看，没想到竟然是叶菲林。

“嘿……”我歪着脑袋看着她，有点尴尬地和她打着招呼。

叶菲林的脸上依然挂着淡淡的笑意，在灯光下她的五官更显精致。

她真的好漂亮！靠得这么近，我甚至可以看到她的皮肤在灯光下散发着淡淡的光泽。

她俯身靠近我，轻声说：“鲁同学，你是来找阿希的吗？”

“是啊……”我有些焦急地看了一眼黎铭希的方向，就发现他正离开人群，往偏僻的角落走去。

呀，等等我，黎铭希！

我下意识地想要追上去，却被叶菲林一把抓住了手臂：“鲁同学，有贝里斯就够了，我劝你最好不要再轻易靠近阿希。你知道，希的粉丝可是很恐怖的……”

叶菲林说着，轻笑着调皮地朝我吐了吐舌头，可不知道是不是我的错觉，总觉得她的笑容有点冷。

“为什么啊？”

我正想问，她却朝我摆了摆手，转身往前走去：“抱歉，有人在叫我了，我先过去了。”

我再转头的时候，周围已经不见了黎铭希的身影。

想到贝里斯的嘱咐，我只好乖乖地找了个角落坐下，默默地吃起了盘子里的食物。

嗯嗯，这个开心果好吃，巴旦木也好吃……

我忙碌地吃着盘子里的食物，不小心一抬头，却发现大家好像都在看着我……

呜呜，又怎么了？难道是因为我的吃相太难看了？

在他们莫名其妙的目光中，我越吃越慢，越吃越僵硬……

不行了，我还是回房间吧！

我将剩余的干果塞到了口袋里，转身往回走去，可是就在拐角的地方，却和一个人撞到了一起。

“你没事吧？”一个熟悉的声音在耳边响起。

穿着蓝色棒球服的少年站在我的面前，幽蓝的灯光下，栗色的短发遮挡住了他的粗眉，只露出那对细长的眼睛……

“黎铭希？”抬头的瞬间，我不禁惊喜地叫了出来。

没错，这个撞到我的家伙就是黎铭希！

“小霏霏，好巧！”不知道是不是我的错觉，黎铭希看到是我后，好像松了口气似的，热情地向我招了招手。

呜呜呜，没想到刚才想找也找不到的人，现在却在这儿偶遇上了，看来老天爷还是很厚待我的。

“嘿……”我立刻打起了十二分的精神，从地上爬了起来。

黎铭希上下打量了我半晌，脸上又露出了两个可爱的小酒窝：“怎么不在外面狂欢，反而一个人跑到这里来了？”

“外面音乐声太吵了，而且大家都很奇怪地看着我，我不喜欢，所以想找个清静的地方好好……吃东西！”被他这样看着，我居然有些不好意思了起来。

呼，不过他的笑容真的很有杀伤力呢，不愧是人气偶像。

不行，鲁霏霏，清醒清醒！别忘了你可是有任务在身的人。

黎铭希愣了愣，随即爽朗地笑了起来，半晌，他顿了顿，小声地对我说道：“既然如此，我带你去一个好地方！保证你既能吃得开心，又能看到漂亮的风景……”

（二）

“去哪儿？”

难道，我们独处的机会就这样来了？

如果真是这样的话，那就再好不过了。这样我就可以尽情地套他的话啦！哈哈……

“跟我来就对了！”

黎铭希神秘兮兮地冲我挑了挑眉，接着便拉着我的手臂径直往别墅后院的方向走去……

前院的音乐声和灯光离我们越来越远，周围的环境也越来越黑暗，我默默地看着自己被他拉住的手臂，脑子里又开始胡思乱想了起来……

他不会是发现了我的身份，想要杀人灭口吧？

可是，如果真的是这样，我到底是什么时候暴露的呢？

我现在逃跑的话，能不能逃过一劫呢？

……

正这样想着，我就听到耳边突然传来一个轻快的声音：“就是这里！”

原来黎铭希口中所说的“好地方”指的就是贝里斯家别墅后院的围墙啊。

“你踩着这里，扶着我，然后就可以爬上去了。”黎铭希细心地扶着我，直至我安全地爬到围墙上。

然后他自己也双手一攀，两腿一蹬，跟着爬了上来。

我晃着两条腿坐在围墙之上，抬头的瞬间，忍不住看着眼前的景色惊叹了起来：“哇……这里真的好美！”

远离了浮躁的氛围，这个安静得只听得到阵阵虫鸣的地方犹如另一个世界。

我只要一低头，便能将山下的万家灯火尽收眼底，抬头就能看到漫天的繁星，空气中混着淡淡的青草香，只要轻轻吸上一口，全身上下仿佛都能感受到一种说不出的舒畅。

黎铭希双手撑在围墙上，陶醉地微微闭起了眼睛，此时他的身上被从不远处墙头打过来的白色灯光笼罩着，就好像是覆上了一层薄薄的雾，让他看起来仿佛置身于幻境之中。

这画面太美，我忍不住看呆了。

黎铭希深深地吸了一口气，才突然转过头向我说道：“这里是我最喜欢的地方了，每次来贝里斯家，我都忍不住上来坐坐。而且……你可是第一个跟我一起来的女生哦。”

“真的吗？嘿嘿！”

现在这里只有我和黎铭希两个人了呢！想想我便忍不住兴奋起来……

我突然想起自己的兜里还有一些干果，于是连忙抓了出来，分了一把给黎铭希："喏，这个是我刚刚在派对上拿的干果，很好吃的，给你尝尝。"

黎铭希接过后，立刻露出了一脸灿烂的笑容，开心地说道："谢谢，我也很喜欢吃干果呢。"

"哈哈哈，是吗？原来我们有那么多相似的地方呢！"

果然……哼，我觉得自己已经在一步一步地接近真相了。

鲁霏霏，再接再厉，加油！

"喂，你相信这个宇宙当中会有外星人吗？"我双手撑在围墙上，看着夜空问身旁的黎铭希。

"当然相信啊。"黎铭希回答得不假思索，"世界之大，无奇不有。在这个浩瀚的宇宙当中，我们渺小得就像一粒尘埃，所以不能因为我们没见过或者不了解，就否定其他物种的存在。"

"嗯！"我对他微笑，他没有否定外星人的存在呢！

贝里斯不是说一般人都不会相信外星人的存在吗？就像他第一次见到我的时候，明明也是一脸难以置信的模样。

所以，这样是不是表示……黎铭希本身就是外星人，所以他才会在我问到外星人的时候，选择相信呢！

"如果宇宙当中真的存在外星人，你觉得他们是什么样的？"我边剥着手中的干果，边忍不住继续给黎铭希"出题"。

"嗯……"黎铭希认真地想了想后才回答道，"我也不知道。是不是从国外回来的女生都特别喜欢讨论外星人的话题？"

"啊？为什么这么说？难道国外有外星人吗？"

……

黎铭希一愣，随即突然夸张地大笑了起来："哈哈哈，小霏霏，你怎么可以这么可爱！”

我对他吐了吐舌头，哎呀，我又说错话了！

黎铭希的笑容灿烂得就像这片星空，若不是因为他长得和星际逃犯一模一样，而且种种迹象都表明他很奇怪，打死我也无法把他和一个坏事做尽的星际逃犯联系到一起。

呸呸呸，鲁霏霏，不要被眼前的假象给欺骗了！地球上不是有句话叫“人不可貌相”吗？

我立刻摇了摇头，让自己的精神保持高度集中。

“对了，我可以问你一个问题吗？”黎铭希突然认真地看着我。

“嗯，当然可以。”我重重地对黎铭希点点头，吃东西的动作也慢了下来。

难道他终于发现我身为外星人的身份了吗？

黎铭希犹豫了一下才又问道：“呃……你和贝里斯是不是在交往？”

“咳咳……什，什么？”我吓得差点把整颗夏威夷果吞了进去，好半晌才反应过来他在问什么，连忙反驳道，“不是，不是，当然不是，我怎么可能跟贝里斯在交往嘛！”

开什么玩笑，和贝里斯交往？

贝里斯明明说过，情侣可是要一直生活在一起的，我……根本不可能嘛，我可是很快要回阿尔法星球的人。

我摸了摸头顶的头发。

可是回想起今天早上他突然把我抱入怀中，并且揉着我的头发说出那句“我该拿你怎么办”时的场景，我的脸“唰”地一下又烧了起来。

“嘻嘻嘻，某人现在因为口是心非而脸红哦！”黎铭希见状，立马凑过来，轻笑道。

“哪有！”我不自觉地捂住了自己的脸，反驳道。

呜呜呜，好像真的很烫。

原本还堆着满脸笑容的黎铭希，神色却又一下子变得黯淡了下来，他抬起头定定地望着天空，久久不语。

呼……他怎么突然心情忧郁了？难道是我又说错什么话了吗？

我也不知道此时此刻的他到底在想些什么，四周再次陷入了一片死寂。

“你……”怎么了？

“嘟嘟嘟——”

这个时候黎铭希的电话突然响了，他从口袋里掏出手机，看到屏幕上的内容时，他的眉头突然打了个结。

“抱歉，我接个电话！”黎铭希说着，咧了咧嘴，从墙上跳了下去，走开了几步，背对着我接通了电话。

“喂，有事吗？”他的语气冷冷的，和他对我说话时的态度截然不同。

“够了，你到底想怎么样？

“你不是答应过我的吗……

“你一定要这样逼我吗！

“好的，我会带来的……”

他边说边走动着，很快便挂断了电话。

到底是谁给黎铭希打的电话，让他变得如此反常？

黎铭希走回来的时候，脸上已经一片惨白，他皱着眉头，站在墙根下一脸为难地看着我：“抱歉……”

“怎么了？”看着他一脸的凝重，我也忍不住紧张了起来。

黎铭希勉强对我挤出一丝笑容，说道：“突然有点急事，小霏霏，麻烦你待会儿帮我跟贝里斯他们说一声，我先走了。”

“哦，好的！”我点点头，然后就见他的身影迅速消失在了浓浓的夜色当中。

他刚才气急败坏的语气……一定是隐瞒了什么事情。

他该不会是又准备做什么坏事了吧？比如……分赃不匀，发生内斗之类的……

这样一想，我便忍不住激动了起来，恨不能立刻跟上去，但是……黎铭希早就跑没影了。

算了，现在追出去也晚了，难得可以看到这么美的夜色，我还是继续欣赏夜景吧！

我一个人呆呆地坐在围墙上，看着头顶那片灿烂的星空，我突然想起我在阿尔法星球上的家了。

天上的星星那么多，我也分不清到底哪一颗才是我一直生活的阿尔法星球。

唉……想想来到地球上生活已经有一段日子了，不知道我在阿尔法星球上的朋友们这些日子过得好不好，有没有想我……

“喂，小鬼，你一个人在这里干什么？”

就在我忍不住开始幻想自己回到阿尔法星球后的生活时，身后突然传来一个低沉的声音，与此同时，一个黢黑的脑袋出现在我身旁的围墙上，脑袋旁边赫然是一双惨白的大手……

眼前的画面，突然和我前几天晚上看的一部鬼片重叠了起来……

一个阴森森的恶鬼就是这样从电视机里爬出来的，只是现在的场景变成了围墙而已。

“啊——”

我忍不住尖叫了起来，双手下意识地疯狂挥舞着，试图阻止“它”爬上墙头……

“嗯……”

一声几不可闻的闷哼声响起，那个鬼突然消失了！

与此同时，只听远远地传来剧烈的“啪啪”声，随即，从路灯开始，周围的灯一盏盏接连熄灭了……

直到最后，整栋别墅一片漆黑，像是瞬间陷入死寂的空城。

（三）

下一秒，前院的方向，不知道谁突然叫了一声，随即便是此起彼伏的笑闹声。

“呜呜……”我害怕地缩在墙头，紧紧地抱着一旁从墙外伸进来的树干，警惕地盯着四周，一动也不敢动，害怕随时有什么东西从黑暗中冲出来。

“鲁霏霏，你疯了吗？居然敢打我！”身后传来贝里斯暴躁的声音。

咦？他的声音怎么那么像刚才那个“鬼”的？

我还来不及细想，手臂已经被重重拉了一下，下一秒，身体便不受控制地向后倒去……

“啊——”

完了，完了，这样摔下去，我一定会死的！呜呜……

我害怕地闭上了双眼。

“看来家里的线路又被烧掉了！我就知道不能相信你的保证。”

预料中的疼痛并没有如期到来，我的身体落入了一个温暖的怀抱中，头顶传来贝里斯闷闷的声音：“喂，鲁霏霏，你该减肥了！”

我小心翼翼地睁开双眼，就看到贝里斯孔雀石般的双眸在月光下发出淡淡的光彩。

此时的我已经被贝里斯稳稳地抱在怀里，还未从惊吓中完全走出来的我死死地搂着他的脖子，边把自己的脑袋不断地在他的怀里蹭，边忍不住念叨着：“吓死我了，呜呜……”

“怎么了，怎么了？发生什么事情了，我好像听到惨叫声！”远处，不知道谁在嚷嚷着。

“快，咱们一起去看看……”

“嗯，嗯，大家一起，免得发生了什么事情就不好了！”

“各位少爷小姐，别着急，抢修电路的工人正在赶来，马上就会好的，请你们少安毋躁！”

……

吵闹声不断地从四面八方传来，不断有手电筒的光掠过我们的眼前……

我静静地靠在贝里斯的胸前，他均匀的呼吸打在我的脸上，我呼吸之间全都带着从他衬衣里透出来的阵阵清香。

“唉！”贝里斯轻轻叹了一口气，抱怨道，“你还真是一刻都不让人放松，看来家里的电路又遭殃了！”

“嘿嘿，对不起啦……”我心虚地撇了撇嘴，只能傻笑着。

贝里斯把我从他的怀抱里放了下来，伸手温柔地帮我理了理凌乱的头发，月光下，贝里斯墨绿色的双眸散发出妖异的光芒。

他的轮廓看不真切，模糊却又棱角分明的五官，此刻看上去却多了几分柔软，他突然抬起了我的头，对我说道："明明是个闯祸精，可是怎么办？鲁霏霏，我好像喜欢上你了！"

他喜欢上我了？

贝里斯说他喜欢上我了？

我还没来得及激动，身旁便突然响起了此起彼伏的吸气声。

贝里斯迅速地放开了我。

月光虽然微弱，但我还是清楚地看到了正站在不远处的一群人，他们手上还分别举着手机和电筒。

因为周围树木的阻挡，我刚才又被贝里斯吓到，所以根本没注意到他们什么时候过来的，也没注意到周围的亮光……

我清晰地看到，贝里斯的脸黑了，又红了！

他看了我一眼，便又迅速转移了目光，有淡淡的红晕从他的脖子根一直往上蔓延……

不知道谁先吹了一声口哨，随即耳边便是此起彼伏的起哄声……

"哇，看不出来，咱们贝里斯终于开窍了……"

"刚才的声音好像就是从这边传来的，原来……嘿嘿……"

"哼哼，刚才不知道是谁说只是父母朋友的女儿！"这个酸溜溜的声音，一听就是俞海。

"好样的，贝里斯！"

"在一起，在一起……"

"在一起，在一起……"

……

"喂，喂，你们闹够了没有？"身旁传来贝里斯暴躁的声音。

我下意识地看过去，就见贝里斯已经满脸通红，好像连眼睛都红了……

我这才像是被他传染了似的，后知后觉地感觉到了紧张，脸上热热的，心脏跳动得比任何时候都要快，好像随时都会跳出来似的……

贝里斯刚才真的说了喜欢我呢！

我忍不住再次看向贝里斯，却听到耳边传来一阵夸张的咳嗽声：“咯咯，咯咯……”

我闻声回头，就见俞海正一脸尴尬地看向身边的叶菲林，刚才的咳嗽声就是从他嘴里发出来的：“你没事吧？”

周围的哄笑声顿时像是被调了静音似的，突然安静了下来。

大家都一脸尴尬地面面相觑，看了看我和贝里斯，又看了看叶菲林，一副不知如何是好的表情……

“我能有什么事？”叶菲林无辜地对俞海挑了挑眉，淡淡地扫了一眼人群，随即轻笑着说了声，“没事！”便转身离开了。

黑色的马尾在空中甩出一道漂亮的弧线，引来了男生们不由自主的惊叹声：“哇……”

目送着人影远去，俞海怪叫着跑到贝里斯身边，小声说道：“她不会是恼羞成怒了吧？”

“你想多了！”贝里斯冷冷地白了他一眼，但是看向叶菲林离开方向的眼神却带了点深思……

“啧啧啧，不过你也太不够意思了，居然连我都瞒着。”俞海很快便又兴奋地转移了话题，在贝里斯的周围转来转去，“我就说嘛，你和她绝对……”

“闭嘴！”贝里斯打断了俞海的滔滔不绝，转身拉住我往前院走去。

我低着头跟在贝里斯身后，大家便又恢复了笑闹，只是，在那笑闹声中还是有几句若有似无的窃窃私语传入我的耳中……

“叶菲林一定很难过吧？只是碍于那么多人在现场，她不好发作才选择了离开吧。”

“刚才我看到她的眼里都闪着泪光呢！”

“唉，突然觉得我们家女神好可怜！”

……

（四）

等待线路抢修的时间，俞海没心没肺地提议为了我和贝里斯的交往而庆祝，于是，院子里被点上了很多的蜡烛。

不过，我们什么时候交往了，为什么我本人却不知道？

我还来不及反驳，大家便兴奋地跳了起来：“好！”

一阵热烈的欢呼声和掌声过后，院子里再次恢复了欢腾，蜡烛的光芒照亮了院子里的每个角落，少了之前的喧哗和闪耀，却多了几分难得的宁谧。

我还没从刚才的“惊喜”中完全走出来，此刻显得有些呆滞，直到俞海突然把一杯饮料塞进了我的怀中，并且和几个男生一起起哄着把我和贝里斯推到人群中央的时候，我才清醒了过来。

我抬头看了贝里斯一眼，正好对上他的视线，嗯……于是，我的脸又不争气地热了。

俞海首先把手里的高脚杯举过头顶，大声地说道：“来，来，来，大家干杯！”

“干杯！”大家很配合地也把杯子举过头顶，相互碰了碰杯子。

贝里斯看了看我手中的饮料，转身拿了一杯清水塞到我的手中，把他自己的杯子递到我的面前，对我扬起嘴角，微笑着说道：“干杯。”

鲁霏霏，你今晚到底是怎么了？

为什么每次看向他，心跳就会这么快？这到底是在紧张些什么啊？

“干，干杯。”

好丢脸啊！不仅声音颤抖，我现在连手也开始不自觉地颤抖了起来。

“啪——”

两个杯子轻轻地碰到了一起，我连忙收回手，把杯子里的水一饮而尽。

“你在紧张？”贝里斯突然弯腰凑近，墨绿色的双眸一动不动地盯着我。

我被眼前突然放大了无数倍的脸吓到，下意识地跳了起来……

“没，没有啊！谁，谁说我紧张了！”我不服气地发驳。

“是，是，是，你不紧张，哈哈哈。”贝里斯得意地哈哈大笑起来。

俞海和身边的几个人也笑了起来，交换了一个彼此才懂的眼神，俞海便叫了起来：“贝里斯现在是不是太得意了？”

“是！”大家笑着应和。

“你们嫉妒不嫉妒？”俞海继续煽动大家的情绪。

“嫉妒！”众人有默契地配合着，声音越喊越响。

“要不要请他下水冷静冷静？”

“要！”至此，大家的情绪被彻底煽动起来了。

贝里斯终于意识到了不对，正想撤退，却已经被人层层包围……

下一秒，众人已经默契地伸手，把他往水中推去。

“喂……”贝里斯下意识地拉住了身边的人，可是——离他最近的人就是我啊！

“啊……”我惊恐地看着贝里斯。

完了，完了，这下要被贝里斯害惨了。

呜呜呜，我讨厌水，我一定会死掉的！

我本来已经做好了被拉下水的准备，可是说时迟那时快，贝里斯竟然突然用尽全身力气把我往远离水的方向推了一把，转而一把拽住了另外一侧的俞海。

“扑通……”一连串的落水声响起，俞海又拽下了他身旁的一个男生。

于是，你推我，我拽你，一时间，到处都是大家的笑闹声……

我还处于刚才的惊吓中久久回不过神来。

贝里斯这是在保护我吗？

他知道我害怕水，所以才把我推了回来？

呜呜呜，突然觉得好感动哦！

贝里斯浑身湿漉漉地钻出水面，随便擦了擦脸上的水后，转头看向我，见我还站在岸上，他明显松了一口气，朝我露出一个笑脸。

一股暖流直涌上我的心头，我顿时觉得鼻子酸酸的。

四周瞬间被尖叫声和嬉闹声包围，还没下水的人看看泳池里那些玩得正欢的落水者，也开始相互推搡了起来。

“扑通！扑通……”

“哪个浑蛋推我？”

“啊……别拽我，我不会游泳啊！”

“放手，放手……”

“啊，救命……”

接连的“扑通”声后，岸边很快就只剩下我和另外两个男生了。

我还沉浸于刚才贝里斯下意识维护我的感动之中，根本没有注意到危险在不知不觉中已经再次降临……

我眼里只有贝里斯英俊的面容，即使头发湿漉漉的贴在脸上，他还是那么出色。

可是，下一秒，他脸上的笑容却突然变成了焦急的表情，他看着我大声喊了起来："鲁霏霏，小心！"

小心什么？我茫然地看着他。

下一秒我就感觉自己的双手被人一左一右地抓住，身体被人带着迅速靠近了游泳池……

耳边还响起了大家的起哄声："哈哈，鲁霏霏同学，下来一起玩吧！"

"贝里斯舍不得了！"

"哈哈，下来，下来！"

……

我不要下去！

我不要碰到水！

"我不要下水！啊——"眼看着游泳池已经近在眼前，我忍不住惊恐地闭上了双眼尖叫了起来，同时奋力挣扎起来。

"扑通扑通……"又是沉闷的落水声在耳边响起。

我害怕得更加闭紧了双眼。

我死定了，我死定了！

呜呜，贝里斯……

呜呜，我的巨额悬赏金……

再见了！

“哇！”耳边传来男生们的惊叹声，我这才后知后觉地意识到了不对。

身体很干爽，没有湿的感觉……

我慢慢地睁开双眼，就看到自己一个人孤零零地站在岸上，另外两个男生已经掉进了水中，此刻正狼狈地在水中扑腾。

而泳池里的人显然都被我突然爆发的小宇宙惊呆了，此时张大的嘴里足以塞下一个鸡蛋。

呃……我好像又在无意中做出奇怪的举动了……

我茫然地看向贝里斯，却没想到他不仅没有任何责怪的表情，反而还像是终于放下心来似的长舒了一口气。

他递给我一个安抚的眼神，随即轻笑着为我解围：“好了，你们别折腾她了！她小时候溺过水，所以现在非常害怕水，反应才会那么激烈的……”

大家这才哈哈大笑起来。

“哈哈，难怪！”

“没事，霏霏同学，别怕，我们保证不会再拉你下水的！”

我尴尬地看着他们，点头微笑。

大家都是好人呢！

……

“对了！”突然不知道从哪里蹦出了一个声音问道，“怎么一直不见阿希那小子？他去哪儿了？”

“是哦！阿希呢？好像停电之前就没看到他了！”大家这才发现黎铭希不见了，四处张望寻找起他来。

“黎铭希该不会是刚才停电的时候出了什么事吧？”另一个担心的声音响起。

黎铭希？

对哦，我这才猛然记起，刚才黎铭希离开之前叫我跟大家说一声他先走了。

我赶紧大声对大家说道：“大家别担心，黎同学没事的，他刚才接了一个电话，说是有急事所以就先离开了。他走的时候让我跟大家说一声的，可是……我给忘了，嘻嘻。”

“哦，原来是这样。”

“他没事就好。”

听到我这么说，其他人立刻点点头表示理解了。

可是贝里斯突然沉默着爬上岸，走到我面前，居高临下地看着我，一脸风雨欲来的表情。

“怎，怎么了？”我怯怯地往后缩了缩。

贝里斯怎么又生气了？我刚才没说错什么吧？

贝里斯阴沉着一张脸，眼睛里带着幽绿色的小火苗，他盯着我看了好一会儿才说：“你刚才说……你之前一直和黎铭希在一起？”

气氛瞬间冷了下来，周围一片寂静。

第七章

Alpha Girl Star

CHAPTER 07

星际逃犯最后确认

（一）

“对，对啊……”我看着贝里斯，颤抖着点了点头。

这个很奇怪吗？

贝里斯听到我的回答后，脸色变得更加难看了，带了点委屈，又有一些愤怒。

他定定地看着我，深吸了一口气，问道：“所以，我刚才去找你之前，你是和黎铭希在后院墙上聊天？”

“是……是啊，怎，怎么了？”我小心翼翼地问道，贝里斯的表情让我有种我好像伤害了他的感觉。

沉默……

长久的沉默后，贝里斯突然大笑起来：“呵呵，好样的！鲁霏霏你真是好样的……”他说完，目不斜视地从我的身旁走过，径直向别墅里面走去。

他到底怎么了？我知道他好像生气了，但到底是为什么呀？难道就因为刚才我一直和黎铭希在一起，所以他生气了？

不懂，不懂，不懂！

贝里斯这个阴晴不定的家伙，刚才还有说有笑的，现在却闷闷地一个人离开，到底是搞什么嘛！

俞海和其他几个男生此时也已经爬了上来，一脸茫然地看着贝里斯远去的背影。

“咦，贝里斯怎么走了？”

“我，我也不知道。”我无辜地摇头。

“该不会是你把他惹生气了吧？”俞海双臂环抱，对我挑了挑眉。

“我？”我指着自己的鼻尖，“我……”

呜呜呜，为什么此时此刻我会感到如此心虚？

俞海摸着下巴又开始推理起来：“啧啧啧……难道他是在吃醋吗？”

“吃醋？”我惊奇地重复着他的话，“他刚才没有吃醋呀。”

“扑哧……哈哈哈……”

我的话音刚落，众人的狂笑便像洪水一般向我涌来。

我说的话真有那么好笑吗？我耷拉着脑袋不解地看着那一个个笑得东倒西歪的家伙。

俞海最夸张，他一只手扶着旁边的男生，另一只手捂着肚子，笑得直不起腰来。

“鲁霏霏，你真是幽默啊！哈哈……”

我嘴角抽了抽，也跟着干笑了几声。

“哎呀，不管怎么说，身为女朋友的你，还是快去哄哄他吧！”

“我不是……”

我不是他的女朋友啊！可我的话还没说完，就被俞海推着往别墅的方向走去。

我摸黑走到贝里斯的房间门口时，发现门是虚掩着的。

我也没想那么多，非常自然地推开门走了进去：“贝里斯……”

“啪——”

就在这时，原本还一片漆黑的房间突然变得灯火通明。

突然的灯光让我一时无法适应，下意识地伸手挡住了眼睛。

等到我的双眼适应了灯光，我放下手，却发现……

贝里斯正背对着我，站在不远处的床边，他已经换上了干净的长裤，但是还没换上衣服，他的手里还拿着刚脱下来的湿漉漉的衬衣，肌肉匀称的背部在灯光下显出健康的色泽。

我的脸也就在这一刻没出息地变得滚烫，这家伙平常穿着衣服的时候看起来高高瘦瘦的，没想到脱掉衣服后，才发现他挺结实的。

我的眼睛不自觉地盯着他裸露的肌肤，脑子里一片空白，耳朵里也只能听到自己“扑通扑通”的心跳声。

贝里斯不知道什么时候已经转了身，他尴尬地咳嗽了一声，随手拿了件衣服穿上。

“对，对不起！”反应过来的我，连忙用手捂住了双眼。

耳边一阵窸窸窣窣的声音，很快，贝里斯仍旧带了点不悦的声音传了过来：“好了，你可以睁开眼睛了。”

我闻言，乖乖地放下了手，正对上了他的眼睛。

贝里斯不知道什么时候已经走到了我的面前，此刻他正居高临下地看着我，眼神复杂……

被他这样注视着，我顿时忘了自己来的目的。

“你……来干什么？”最终还是贝里斯先开口。

“对不起！”我想起自己来的目的，赶紧低头道歉。

贝里斯愣了愣，似乎没想到我会道歉，但是表情显得好看多了。他轻咳了一声，脸上带了微微的惬意：“哦？你说说看，自己哪儿错了？”

“啊？我……”我一时被他问得哑口无言。

呜呜呜，我哪儿错了？我哪儿错了？我要是知道自己哪儿错了就好了！

我一脸茫然地看着贝里斯，就见他的表情越来越难看，直到最后，再次变得脸色铁青……

“我真是傻了才会期待你知道我为什么生气！”贝里斯气鼓鼓地说着，抓着我的肩膀把我转了个方向，用力地把我往门外推。

“喂……”

我是不知道，但你可以告诉我呀！

“咣——”

贝里斯显然不可能给我申辩的机会，他直接把房门重重地关上了。

我在门口愣愣地站了好几分钟，确定他不会心软来开门了，才无精打采地回到了自己的房间。

将自己狠狠地扔到了那软绵绵的大床上，我呆呆地望着天花板，心里乱成了一团麻，眼前不断浮现着今天发生的种种……

一下子是刚才看到的贝里斯上身赤裸的模样，一下子又是他在后院中对我表白的事情……

原本已经稍稍平静下来的心脏又开始加速跳动了，我捂着自己烫得像是快要燃烧起来的脸，痛苦地在床上滚来滚去……

烦！

鲁霏霏，你到底是怎么了？

为什么现在只要一看到贝里斯就会开始紧张？为什么听到他的表白就感觉快要窒息？

为什么？为什么？为什么？……

难道这就是地球人所说的“喜欢”？

千千万万个问号挤满了我的脑袋，搞得我都开始呼吸困难了。

头顶的头发在这个时候突然晃了晃，我这才想起……通信器一旦修复，那便意味着我即将返回母星了。

所以，现在想什么喜欢不喜欢的，都毫无意义。

只有在通信器修复前努力确认黎铭希的身份，才是我的当务之急。

想到这里，我立刻从床上爬起来，找出纸和笔，努力回忆和整理着星际逃犯埃尔文森和黎铭希的资料，并且把他们的相似点一项一项地列在纸上，认真地进行着分析比较。

黎铭希和星际逃犯埃尔文森的共同点：长相一样，都不爱吃蔬菜，都只喝清水不喝饮料，都喜欢吃坚果。

可如果只是这几点的话，好像并不能确定他就是星际逃犯呢！

但是黎铭希真的很让人怀疑，比如说那天问到他父母的时候，他就突然变脸……一般人的家庭有什么不能聊的？除非他……有什么不可告人的秘密。

而且，他总是神神秘秘的，经常不来学校，而且那天在学校后湖的时候，如果我没发现的话，他是打算对那个女生行凶吧？试问，一个单纯的人气偶像会做出这样的事情吗？

再说了，他接到神秘电话的时候，那么气急败坏的语气，明显就是受到了威胁。普通人应该不会有那样的电话吧？反正他浑身上下处处都透着古怪。

但是……这些并不能证明他就是星际逃犯啊！

啊啊啊，要是我当时认真记住高级任务栏上那些关于星际逃犯的信息就好了。

其实说真的，除了对方出色的外貌外，其他的信息到现在我已经记不太清楚了。

不过，我倒是记得当时听围观的人说，这个十恶不赦的星际逃犯好像讨厌什么动物来着。

好像是因为地球人总喜欢把那种动物的外形套在我们身上，用来形容我们，所以他才会讨厌的……

讨厌是无法伪装的，只要知道他讨厌的到底是哪种动物，然后用同样的方法试一试黎铭希，我就能确定他到底是不是星际逃犯了。

可是……

“哎呀，到底是什么动物来着？这么关键的信息，我居然给忘记了！”

我懊恼地捶着自己的脑袋，真有想要一头撞死的冲动。

（二）

周末一转眼就过去了，星期一早上，我一踏进校门就敏锐地感觉到气氛不大对头。

奇怪，大家好像在议论我和贝里斯。

每当我抬头的时候，大家却又好像什么事情都没发生似的收回了视线，只是，当我继续低头前进的时候，总能感觉到有无数道视线冷冰冰地戳着我的后背。

我低着头，一路小跑着，默默地跟在贝里斯身后，他似乎根本没发现周围的气氛不对，仍旧快步前进着……

好吧，其实是因为他还在生我的气，从周六晚上到现在，他已经足足1天11个小时又24分没有理我了。

呜呜……

他到底在气什么呀？

我沮丧地迈着小短腿，努力跟在他的身后："贝里斯，你等等我！"

听到我的呼唤，贝里斯不仅没有理我，反而走得更快了。

呜呜……讨厌的家伙，坏脾气的浑蛋！

"你知道吗？黎铭希又上校园新闻的头条了。"突然，前面两个女生的交谈吸引了我的注意力。

黎铭希？一听到他的名字我立刻来了精神。

我故意放慢脚步，让自己能听到她们的声音，又不至于跟得太紧。

"啊？我家希希又怎么了？"右边那个"希希、希希"叫得肉麻的女生，一看就知道是黎铭希的忠实粉丝了。

左边那个有点婴儿肥的女生故弄玄虚地勾了勾手指头，压低了声音说道："听说，黎铭希上个周六的晚上和一个猥琐的中年男人在停车场里碰面，疑似被勒索呢！”

“什么？我家希希居然被勒索？怎么可能？”“粉丝小姐”一脸的难以置信。

婴儿肥的女生嬉笑着继续说道：“听说当时他似乎正在给对方钱呢！所以现在大家都在传，黎铭希是不是被人抓到了什么把柄，所以才会被威胁。”

“怎么可能，我们家希希绝对不是你说的那种人！”“粉丝小姐”听到这个消息后更是惊讶地捂住了嘴，表情十分夸张。

虽然我在后面看得很无奈，但是不得不承认，听到这个消息的我也挺震惊的。

不过……如果黎铭希真是星际逃犯的话，倒霉的一定是那个敢威胁他的家伙吧？

或者说，根本就不是黎铭希被威胁，而是他正在与这个神秘的中年男人做什么见不得人的交易？

嗯，嗯，一定是这样！

否则，他一个学生，我实在想不出他有什么会被人威胁的。

“可是……你不觉得奇怪吗？如果黎铭希真的没有被人勒索，他一个当红偶像怎么会住在乐山小区那样的地方？”婴儿肥的“八卦小姐”开口问。

乐山小区？那是什么地方？

“我……”“粉丝小姐”被问住了，她愣了愣，突然暴跳起来说，“我不管啦，反正我就是不相信我们家希希是那种有黑历史的人。”

我了然地点点头：要接受自己喜欢的偶像不是自己想象中的样子，的确是有点难。

我抬头看向贝里斯，却发现他已经快走到教学楼了。

这个坏蛋，说不理我，居然还真不理我了！

我正想跟上去，婴儿肥的“八卦女生”的下一句话却让我再次缓下了脚步，她说：“还有一条更具有爆炸性的消息，你要不要听？”

“要，要，要，你快说！”

“但是你得保证，听完之后不准生气……”

“嗯，嗯！我保证！”

“那就是——黎铭希和菲林财团的独生女叶菲林，也就是我们学校公认的女神叶菲林，疑似在偷偷交往！”

什么？叶菲林和黎铭希在交往？怎么可能？

“啊？搞什么啊？叶菲林不是和贝里斯一对吗？什么时候又跟我们家希希扯上关系了？”“粉丝小姐”跺了跺脚，满脸的难以置信。

“嘿嘿，就知道你不信！论坛上还上传了一张叶菲林窝在黎铭希怀中哭得梨花带雨的照片呢，啊，还好我把照片收藏在手机里了……”

“快给我看，快给我看！”“粉丝小姐”一把抢过手机，边看边“呜呜”地哭了起来。

我费了好大的劲才从两人间的空隙中看到了手机里的图片，没想到这图片内容还真和那个女生所说的一样。

背景在一幢有点老旧的楼房下面，一身白色运动服的叶菲林扑在一身蓝色棒球服的黎铭希的怀中，哭得梨花带雨……果然是周六那天两人的装扮。

难道黎铭希和叶菲林真的在交往？

可是在派对上的时候，他们彼此之间明明一句话都没说过呀！

啊，不对……

我想起来了，当时我想去找黎铭希的时候，被叶菲林拦住了。

难道……她对黎铭希的喜欢不仅仅是粉丝对偶像的迷恋，而是……男女朋友那种感情？

我瞬间被自己脑海中想到的这个可能性惊呆了。

“不过我有一个朋友周六的时候去贝里斯家参加派对，结果看到贝里斯当众向他们班新转来的鲁菲菲表白了。他觉得黎铭希和叶菲林应该不是在交往，叶菲林之所以会找黎铭希，是因为看到贝里斯向其他人表白而暗自神伤，所以找黎铭希诉苦呢！”

“这么复杂！”

“哈哈哈，的确很复杂！你还不知道吧？那个叫鲁霏霏的女生现在已经成为贝里斯和叶菲林的粉丝的‘头号公敌’了。真不知道她用了什么见不得人的手段勾引我们家贝里斯少爷……”婴儿肥的“八卦女生”抱怨了几句，想了想又冷笑着加了一句，“全世界都觉得我们家贝里斯少爷和女神才是天生一对，所以……哼哼，接下来可有好戏看了！”

……

头号公敌？用了什么见不得人的手段勾引贝里斯？我？

我突然明白刚才进校门的时候是怎么回事了，难怪我觉得今天大家都怪怪的，原来在不知不觉当中，我已经成为大家的攻击目标了。

没想到流言传播的速度如此之快，前天才发生的事情，今天就已经在校园里传得沸沸扬扬了。

黎铭希、叶菲林、贝里斯和我……听起来人物关系好像很混乱……

可问题是，事情真的不是他们想的那样啊，我什么都没做啊！

一路上我的脑海中都在不断回响着刚才那两个女生说的话，不过……

和黎铭希在停车场里见面的猥琐中年男子到底是谁呢？难道也是从阿尔法星球来的逃犯吗？

而且……他们的交易内容是什么？

如果他们真的是在计划着什么伤天害理的事，那我必须在通信器修好的时候赶紧返回母星请求支援才行。

哼，一想到即将有一大笔数字币进账，我便顿时开心得口水都要流出来了。

然而，乐极生悲，没过多久，我就一不小心撞到了一堵墙上。

（三）

咦？为什么这堵墙不仅软软的，还暖暖的……我忍不住伸手摸了摸眼前的这堵墙。

“鲁霏霏！”

等等……被我撞上的墙说话了？

啊，这不是墙，而是一个足足高出我两个头，看着像个运动员的女生。

而她的身后，还跟着五六个同样面色不善的女生。

“呃……你们找我有什么事吗？嘿嘿……”我干笑着说道，下意识地往后退了退。

咦？我怎么觉得这个“大块头”有些脸熟……

我想想……啊，对了！她不就是我来上学的第一天，在叶菲林身边说我缠着贝里斯的那个女生嘛！

那个什么……叶菲林女神后援团的成员？

由不得我多想，只见她伸出胳膊，像拎书包似的轻而易举就把我拦腰横抱了起来。

她，她，她这是要干什么？

“哇……你要干什么？放开我……”我奋力挣扎起来，可是下一秒，我的嘴就被她捂住了。

被人像个包袱似的扛在肩头颠簸着，等到我头昏眼花觉得自己下一秒就会吐出来的时候，我已经被转移到了一个几乎没什么人经过的楼梯转角。

呜呜呜，今天是不是不适宜出门啊？怎么一出门就碰到这一堆乱七八糟的怪事……

“大块头”把我放下后，就跟一座大山似的俯视着我，好不容易站稳的我，生怕自己一不小心激怒了她后会被压死。

“你，你们要干什么？”

她狠狠地瞪着我，一边伸出手指戳着我的脑袋一边说：“鲁霏霏，我告诉你，贝里斯少爷和我们家女神是天生一对！不管你再使用什么手段都不可能把他们拆散的！”

“对啊，对啊！你别想拆散他们！”后面的小跟班们异口同声地应和着。

她们这是提前练习好的吧？这声音整齐得跟一个人发出来的似的。

“我……”

我的话还没说完，又被“大块头”打断了：“我们今天把你叫过来，就是要你在这里写下保证书！”

站在后面的几个女生给“大块头”递来了纸和笔。

“保证书？什么保证书？”我不解地看着她，而她直接把纸和笔硬塞到了我的手上。

“你就写：我鲁霏霏保证，从今往后再也不会出现在贝里斯和叶菲林的面前。”

从今往后？那怎么行！在通信器修好以前，我必须住在贝里斯家的！

再说了，等我的通信器修复完成，我自然就会返回母星，不会和贝里斯见面了呀！

“再等一段时间吧，很快我就再也不会和贝里斯见面了。”

“什么？鲁霏霏，你这是在跟我们谈条件吗？”“大块头”顿时愤怒了。

“没有啊！”

“你这死丫头真是……”“大块头”竟然伸手狠狠地推了我一把。

呜呜呜，好痛！

身体重重地撞到墙壁上，我痛得快要哭了。

“你们在干什么？”就在这时，一个熟悉的声音响起。

以“大块头”为首的女生纷纷回头看。

贝里斯站在楼梯口，早晨的阳光照在他好看的侧脸上，却融化不了他此时冷得让人忍不住打寒战的眼神。

他怎么会出现在这里？他刚才不是已经去教室了吗？

贝里斯居高临下地看着“大块头”，就见那个原本还气势汹汹的女生在他的面前吓得魂飞魄散。

“贝，贝少爷……”她颤抖着声音，不自觉地带着她的小跟班们退让了几步。

贝里斯冷冰冰的声音足以让这世间的一切冻结：“以后不要再让我发现你们出现在鲁霏霏的身边，否则你们就永远不用出现在这所学校了。”说完，他便走过来，拉起我的手，径直扬长而去。

“贝里斯，你怎么会出现在这里？”我踉踉跄跄地跟在贝里斯的身后，好奇地问他。

贝里斯停下脚步，好久都没开口，我原本以为他还在生气，打算继续和我冷战下去，还好，他沉默了半晌，还是开口解释道：“那些传言，刚才我已经听说了……”

不知道他听到的版本是怎样的，不过和我听到的应该也差不多吧。

贝里斯关切地看着我，问：“你没事吧？”

我赶紧笑着说：“没事，只是肩膀撞了一下，不是很疼，嘻嘻。”

“那就好。”

“不过……你怎么会出现在这里？你不是去教室了吗？”

“我只是刚好路过。”贝里斯显得有些不自在，他敷衍地回答后，便催促着我继续走。

哼！这里和我们上课的教室根本不在一个方向，怎么可能刚好……

他一定是特意赶过来救我的。

想到这里，我顿时觉得心里甜甜的……

不得不说，从那天的派对之后，我的心就好像不受自己的控制了一般，总是会在面对贝里斯的时候，产生出一系列让我感到慌乱万分的情绪。

唉……别想了，别想了！反正通信器修好之后，我就要离开地球了……

可是，一想到即将离开地球，不，确切地说是离开贝里斯的身边，我就突然感伤起来……

我使劲摇了摇头，不让自己再胡思乱想。

“贝里斯，你是不是不生我的气了？”

“谁说的？哼！”

好吧，看来他还是没有消气。

我知道班上所有女生都坚持着一个理念，那就是——贝里斯和叶菲林才是完美的一对。

所以进了教室以后，我没少挨她们的白眼。

课间，她们三五成群地聚集在一起嚼舌头，也许是因为贝里斯就坐在我身旁，她们也不敢靠得太近，于是只能在远处对我发动“诅咒”攻击。

唉，如果目光能够伤人的话，我现在已经千疮百孔了。

又一次课间休息，我刚从洗手间回来，就发现果然大家又围在了一起，神色诡异地看着我。

反正被她们盯也不会少块肉，我耸耸肩，继续往前走……

我刚要进教室，却突然被站在后门的贝里斯叫住了：“鲁霏霏，你过来一下！”

“啊？”我想了想，转身和一个同学擦身而过，忽视女生们失望的眼神，开心地奔到贝里斯的身边，“怎么了？”

他决定原谅我了吗？

贝里斯却什么都没说，反而望着我的身后，下一秒，教室门口传来了刚才从我身边走过的同学的惨叫声……

一盆黑色的水从门顶洒落，他瞬间变成了一个“黑人”。

如果贝里斯没叫住我，现在变成黑人的就是我了！

我忍不住打了个寒战，抬头正要向贝里斯道谢，他却伸手将一摞本子放到了我的手上：“去交给老师！”

“好的！谢谢你，贝里斯！”

虽然他没有承认，但是我知道，他一定是为了救我才这么做的，嘿嘿！

午餐过后，学习委员突然拿了一张纸过来……

“鲁霏霏同学，班里最近要买辅导材料，需要每个同学都签名才能统一购买，我们班就差你没签名了。”说着她递过来一张纸，并且姿势奇怪地捏了一支笔给我。

“哦！”我没有多想，伸手就要接过纸笔……

说时迟那时快，原本戴着耳机听歌的贝里斯突然伸了一个大大的懒腰，他的手就那么巧地刚刚打在了我的手上，而我的手又刚好撞到了学习委员的手，一串连锁反应以后，笔就掉到了地上。

“对不起，对不起！”我赶忙蹲下，想要把笔捡起来。

却发现……

搞什么嘛，笔掉到地上后居然就与地面紧紧地粘在了一起。

所以说，这又是她们整我的把戏……

我正想问她们究竟在搞什么鬼的时候，学习委员已经轻轻哼了一声，转身离开了。

而再次帮了我一个大忙的贝里斯，此时却往桌子上一趴，准备睡觉……

现在只留下我一个人傻傻地愣在原地，既迷茫又有些恼怒。

成为公敌的我，就这么有惊无险地度过了不寻常的一天，唉……

（四）

贝里斯虽然还在生我的气，但每天还是会做什么都带上我，我知道他是为了避免我被女生们欺负。

这天午餐后，天色有些阴沉，似乎快要下雨了。

从学生餐厅出来以后，我慢悠悠地跟在贝里斯身后，往教室的方向走去。

路过操场边大树下的时候，有几个女生围在一起，不知道在干什么。

我忍不住凑过去，就看到一个女生正指着地面，嚷嚷道："快看，快看！"

"什么？"她旁边的女生好奇地凑了上去，"咦？是蚂蚁搬家。"

我也往地上看了看，不看不知道，一看我瞬间倒吸了一口凉气——地上竟然密密麻麻地布满了正在全速前进的蚂蚁。

"快要下雨了吧……"

"啊？那要赶紧回去才行啊，我可没带伞。"

"快跑，快跑，哈哈……"

说着，那几个女生便跑开了。

我轻笑着，转身正要跟上贝里斯，脑海中却突然灵光一闪……

等等！

“蚂蚁？”我在嘴里念着，有什么在脑海中一闪而过。

啊啊啊……蚂蚁！对了，就是蚂蚁！

终于让我想起来了，星际逃犯埃尔文森最讨厌的动物就是蚂蚁！

因为很多星球的生物都习惯性地认为外星人就是像蚂蚁一样头上顶着两根触须的生物，所以常年在各个星球之间穿梭的埃尔文森特别讨厌蚂蚁。

实在是太好了，居然让我在如此关键的时刻想起来了！

现在我只需要找到黎铭希，然后让他看看地上的蚂蚁，就能确定他到底是不是星际逃犯了！

哈哈……鲁霏霏，你真是太聪明了！

我连忙冲到正在不远处默默等待着的贝里斯面前，兴冲冲地对他说：“贝里斯，你先走吧，我突然有点急事！”说完，我便兴冲冲地掉头往学生餐厅跑去——刚才我和贝里斯离开学生餐厅的时候，好像看到黎铭希正往餐厅的方向走去。

我一路狂奔，气喘吁吁地跑到学生餐厅时，里面已经没什么人了，我一眼就看到了黎铭希的身影。

不过，他现在并不是一个人……

此时的黎铭希一脸慵懒地坐在座位上，一副很随意的样子，而他对面坐着的，赫然是叶菲林。

难道他们真的在交往？这是我脑海中闪过的第一个念头。

两人似乎正在说着什么，不过叶菲林刚一开口，黎铭希便一脸不耐烦地皱起了眉头。

现在怎么办？我要现在过去吗？

叶菲林上次的警告我可没有忘记……

但是……啊啊啊，管不了那么多了，再不抓紧时间的话就要下雨了，到时候蚁群也会散掉的。

于是我深吸了一口气，径直往他们所在的地方冲了过去，一把抓住了黎铭希的手臂：“快，快，快，跟我去个地方！”

“小霏霏，你怎么了？”黎铭希一脸疑惑地看着我。

叶菲林的脸色瞬间变得很难看，但她还是笑着问：“霏霏同学，你怎么来了？”

没时间解释了！

“待会儿和你说！”我看着外面越来越黑的天，不理会叶菲林难看的脸色，不管不顾地拉着黎铭希就往门外跑去……

我知道叶菲林冰冷的目光一直留在我的背上，因为我不自觉地打了好几个寒战。

但是现在我管不了这么多，她爱怎么想就怎么想吧，反正我很快就要离开了。

黎铭希虽然不知道我要干什么，但还是很配合地跟在了我的后面。

“你这是要把我带去哪儿？”

“你别管了，反正有好东西给你看就是了！”我头也不回地说着，加快速度朝操场跑去。

蚂蚁……蚂蚁……蚂蚁呢？你们可千万不能散开啊！

我抓着他跑到操场旁的大树下，低着头寻找蚂蚁……

“到了吗？这就是你说要带我看好东西的地方？你到底在找什么啊？”黎铭希好奇地凑过来问我。

好不容易，我在大树下找到了目标。

“快看！”我兴奋地伸手指着地上那黑压压的一片。

蚁群聚集在了大树根下的一点，像个圆盘一样散布着，缓慢前进，那下面一定有个巨大的蚁穴。

黎铭希顺着我手指的方向看去，下一秒，他的脸色剧变，整张脸瞬间白得就像是一张纸，嘴唇也失去了颜色……

虽然我知道讨厌是一种很强烈的、难以掩饰的情绪，但还是不由得有点担心……

他没事吧？

就在我看着黎铭希奇怪的反应又惊又喜的时候，他却突然单膝跪地，难受地捂住了自己的胸口。

“喂，喂，你，你怎么了？”

呃……虽然我知道他很讨厌蚂蚁，但也不至于反应这么强烈吧？

“你没事吧？你别吓我！”

黎铭希没有回答我，因为他已经扭头吐了出来。

他整个人半跪在树下，一手撑着树干，吐得好像胆汁都要出来了。

这，这也太夸张了吧？

一个犯罪无数、让人闻风丧胆的星际逃犯竟然讨厌那些小小的蚂蚁，而且还讨厌到看了就吐的程度，这……未免也太夸张了吧？

我无奈地看着在一旁吐得脸色发青的黎铭希，默默地从口袋里掏出一张纸巾递给他。

看到黎铭希的反应，此时我已经有了明确的结论——黎铭希就是那个被通缉的星际逃犯埃尔文森。

鉴定完毕！

第八章

Alpha Girl Star

CHAPTER

08

变成有钱人的梦想泡汤

（一）

已经确定黎铭希就是星际逃犯，按理来说，我应该开心才对。

可是不知道为什么，经过这段时间的相处，心中总是有个声音在叫嚣着……

你真的相信他是星际逃犯吗？

你觉得他像是一个无恶不作、穷凶极恶的人吗？

……

我知道他不像，就像今天午后，明明他都已经吐了，一般人就算不发火也肯定会不高兴的，可是黎铭希却好像什么也没发生一样。

“为什么要带我来看这个？”吐完，黎铭希擦着嘴，苦笑着问我。

我继续给他递着纸巾，心里突然有些愧疚，感觉好像自己利用了他的信任。

“我只是觉得蚂蚁搬家很有趣，所以……对不起，我不知道你讨厌蚂蚁。”我低下头，小声说着。

“没事啦，也不是你的错，我只是讨厌这种密密麻麻一起行动的动物而已。”黎铭希苦笑着，反过来安慰我。

他承认了，承认了。

他承认自己讨厌蚂蚁了！

虽然他的行为举止告诉我他并不是那种穷凶极恶的人，可是种种迹象却表明，他就是那个星际逃犯，这又该怎么解释呢？

况且，最近我头顶的头发生长得很迅速，通信器的修复也很顺利，如果不出意外，很快我就能返回母星了，我还得靠着举报他的行踪来获得那笔巨额的赏金呢。

在这个紧要关头可千万不能再出什么乱子了，我鲁霏霏可是要成为有钱人了。

和黎铭希告别之后我一个人走在校道上，想到自己即将成为一个有钱人，我的心情已经不能只是用一个“好”字来形容，哈哈哈……

有钱人，有钱人，有钱人！

哈哈哈，我鲁霏霏也要变成有钱人了。

我梦想中的排骨味泡面山还有专属于我的空域等等，那些原本对我来说遥不可及的梦就要变成现实啦！

不过在地球上吃多了排骨味泡面后我好像又有点腻了，嗯……那好吧，那就只好把原本设想的泡面山换成夏威夷果山好了，嘻嘻！

放学以后，我跟在贝里斯身后回了家。

我回到房间换好家居服才想起来，自己还没告诉贝里斯，我马上要变成有钱人，并且快要离开地球的消息。

我兴冲冲地跑到了贝里斯的门口，正想敲门，他却已经打开了门。

他已经换下了学校的制服，身上却不是平日里穿的家居服，而是一副要外出的打扮。

这家伙该不会是要出去约会吧？

我偷偷看着他，不知道为什么心里居然生出一丝酸酸的感觉。

“你在我门口干什么？”贝里斯边说边往外走去。

“贝里斯……你要出去吗？”我跟在他的身边，忍不住小声问道。

“嗯。”贝里斯边在玄关换着鞋子边回答道，“我和叶菲林有约，得出去一趟。晚饭你就自己解决吧，冰箱里有你喜欢吃的东西，放到微波炉里热一下就可以了。”

“哦……”我失落地点头。

他果然是要出去，而且还是和叶菲林约会。

贝里斯说着，往前走了几步，又转身，一脸焦躁地抓了抓头发，忍不住再次提醒我：“记住，控制情绪，别再损坏任何电器了！”

我一直默默地跟在他的身后，看他忙前忙后的，完全插不上话，好容易等他说完，我正想开口……

“贝里斯，我……”

“砰——”房门已经在我面前关上了。

呜呜呜，他还在生我的气吗？连听我说完话都不愿意，我想告诉他我的通信器快要修复了。

贝里斯离开后，家里就剩下我一个人了。

我只好打开电视，孤零零地缩在沙发上看了起来，但是我的心思却完全不在电视机里的画面上。

自从听到了贝里斯说要和叶菲林约会，我的心就开始躁动不安了起来。

叶菲林和贝里斯到底是什么关系呢？

我从来没问过贝里斯，贝里斯也从来没有提起过叶菲林和他的事情，难道……贝里斯真的和叶菲林有着不寻常的关系吗？

可是……为什么他却又说喜欢我呢？

还是说，因为最近在生我的气，所以他决定不喜欢我了？

脑子里不断回响着很久以前不知道从谁嘴里听到的那句："贝里斯和叶菲林是世界上最般配的一对！"我的心突然难过了起来。

虽然很不想承认，但是……叶菲林和贝里斯真的很般配呢！

看看叶菲林仙女般的面孔、女神般的气质，想象着她站在贝里斯身旁的样子，他们就像是从电视剧里走出来的男女主角。

再看看我……小小的个子，干瘪的身材，一张永远长不大的娃娃脸，简直不能拿来跟叶菲林作比较嘛！

喂，鲁霏霏你在干什么啊？为什么要拿自己和叶菲林作比较？

难道……我也喜欢上贝里斯了吗？

我被自己突然的想法吓了一跳，赶紧摇了摇头制止了自己的胡思乱想。

鲁霏霏，你在想什么呢。别忘记了，你可是马上就要离开的人。

可是，想到马上就要离开地球，想到以后就再也见不到贝里斯了，为什么我好像更加难过了……

我抬头看向摆在客厅角落的那张小板凳，起身走过去默默坐在了上面。

以前贝里斯让我坐这儿，我还总是不情愿，跟他嚷嚷着不公平，可是不知道什么时候，贝里斯不再强迫我坐在小板凳上了，我却突然有点怀念了。

也许以后就再也坐不到了。

原来在不知不觉当中这里已经存满了我和贝里斯的回忆，不论是吵闹还是欢笑……

我也在时间的推移中对周围的一切熟悉了起来，虽然每次都想着自己一定能够潇潇洒洒地离开，回到阿尔法星球以后无忧无虑地过有钱人的生活，但是真的要到了离开的时候，心中还是免不了会不舍，会苦涩……

……

我在这样的忧愁情绪中不知不觉睡了过去，直到一阵慌张的呼喊声响起……

是电视机里的声音吗？好像是从门外传进来的，我停下手中的动作，按下电视的静音键，仔细一听……

“啊，着火了！”

“快来人救火啊！”

“快，快打电话给火警！”

“救命啊，救命啊！”

……

着火了？

我连忙从沙发上跳了起来，拔腿往外跑了出去。

哇！

刚迈出大门，眼前的景象就把我吓了一跳……紧靠着贝里斯家的那栋别墅竟然失火了！

（二）

此时不断地有人从旁边的别墅里跑出来，滚滚的浓烟也一直在往屋外冒，火苗已经蹿到了窗口……

四周尖叫声、哭喊声混成一片，左邻右舍闻声也纷纷从家里跑了出来，几分钟后消防人员也赶到了火场，通往别墅区的道路上拉起了警戒线。

几条水柱直冲屋内，火苗渐渐小了下去，但是烟雾却越来越浓了，很快附近便已经伸手不见五指了。

我混在围观的人群当中，专心地看着消防员努力灭火。

这还是我第一次亲眼目睹火灾现场呢，这混乱的场面确实把我给吓到了。

“放开我，让我进去！”

就在这时，一个凄厉的嘶吼声突然响起，盖过了周围所有的声音，顿时吸引了大家的注意力。

我好奇地跟着大家往发声的方向望去，只见一个男生正神色紧张地往火场里冲，还好消防员把他拦在了外面。

围观的人太多了，我看不到他的长相，不过，这个男生的背影怎么看起来那么眼熟呢？

我揉了揉眼睛，努力地踮起脚尖、伸长了脖子……

“我让你们放开我！我家就在这里，家里还有人没出来呢……”男生边说边奋力挣扎着，想要再次冲进警戒区。

“不行，里面现在很危险，你不能进去！”消防人员奋力地拉住了他。

天啊！

那个执意要闯进火场的人……居，居然是贝里斯！

发生什么事了？他现在不是应该和叶菲林在一起吗？怎么会出现在这里？

我拨开人群，好不容易才挤到了贝里斯的旁边。

“贝里斯，你就回来了？”我伸出手扯了扯他的衣角，疑惑地看着他。

贝里斯明显吓了一跳，他转过头看着我，先是一愣，随即便松了一口气似的伸手把我狠狠地揽进了他的怀里。

“太好了，你没事真是太好了！”他的下巴抵在我的头顶上，而我的脸此时也紧紧地贴在他的胸口，耳边能听到他“扑通扑通”的剧烈心跳声。

他心跳怎么这么快？该不会是……以为我在里面吧？

可是看着他为我着急的样子，我的心就好像被泼了一罐蜜糖一般，一股甜滋滋的味道瞬间从心中蔓延开来。

大火终于被扑灭，消防人员解除了警戒。贝里斯把我从怀里放出来，拉着我回了家。

“咯咯，你怎么突然回来了？”我长舒了一口气后，在沙发上坐下，忍不住问贝里斯。

“出去以后我就一直担心你一个人在家又会闯祸，所以把事情一说清楚，我就丢下叶菲林先赶回来了。没想到一回来就看到这附近到处都是浓烟，我还以为是你把我们家点着了呢，所以我就……”贝里斯边说着，边打开了客厅的窗户，散去房子里刚刚飘进来的烟雾。

“所以你刚才是以为我在里边，所以想冲进去救我，对吧？”

“嗯。”贝里斯尴尬地点点头，没有否认。

“还好你没事。”贝里斯说着，再次将我揽入他的怀中，宠溺地揉了揉我的头发。

“那你还生我的气吗？”我抬头看向贝里斯，可没忘记他还在生我气的事情。

“不气了。”

“哇，真是太好了！”我兴奋地在他的怀里手舞足蹈起来，差一点就把贝里斯给误伤了。

“对了，贝里斯，我还有一个好消息要跟你分享……”我从他的怀里钻出来，冲他眨了眨眼睛。

“什么？”贝里斯不解地看着我。

“喀喀，那就是——我就要变成有钱人啦！哈哈哈……”

“有钱人？”贝里斯靠在沙发上，惬意地看着我。

“对啊！”我重重地点了点头，“不过不是你们地球上的有钱人，而是我们阿尔法星球上的有钱人！”

“为什么会变成有钱人？”贝里斯继续问道。

“因为我在地球上发现了我们星球上的头号追捕目标——星际逃犯！虽然我没有能力将他逮捕然后带回母星，但是我只要向母星上的审判官报告他的行踪也能得到一笔丰厚的赏金呢。到时候我就再也不用游走于各个星球，辛苦地完成任务啦。”

“是吗，那恭喜你了！”贝里斯看着我兴奋的模样也跟着弯起嘴角笑了起来，不过很明显他比我要淡定很多。

“嘻嘻嘻，而且我的通信器已经开始修复了，估计过不了多久我就可以联系上星际巴士，离开地球了！”

我欢乐地诉说着我回到阿尔法星球之后的计划，可是说着说着我感觉到气氛好像不对了……

贝里斯原本还带着笑容的脸突然黯淡了下来，此时他的眉头皱得紧紧的，额前的碎发遮挡住了他的视线，墨绿色的双眸仿佛蒙上了一层灰尘，透着一股说不出的哀伤。

呃……是不是我又说错了什么？

为了打破尴尬的气氛，我只好转移话题：“贝里斯，难道你就不好奇这个隐藏于你们地球上的星际逃犯到底是谁吗？这个人你也认识哦！”

“嗯？是谁？”听到我这么说，贝里斯这才抬起头来。

“说出来吓死你！”

“那你倒是快说啊！”他不耐烦地皱了皱眉。

“那么……我说啦！”我看了看他，确定他已经做好了准备，才开口说道，“星际逃犯就是——黎铭希！”

“什么？”贝里斯似乎没想到答案会是这样，他先是一愣，好半晌才像是终于回过神来似的，一脸啼笑皆非地看着我，“你刚才说那个星际逃犯是阿希？开什么玩笑！”

我早就知道贝里斯会是这样的反应，忍不住开口说道：“我就知道你不会相信！我有证据的……”

“我不知道你所说的证据是什么，但是阿希和我从小一起长大，其他的不说，但他绝对不会是你口中所说的外星人。”

“可是他明明长了一张和星际逃犯埃尔文森一模一样的脸！而且，你不觉得他有很多地方很奇怪吗？”

“这么说来……”贝里斯没有回答我的问题，反而一脸深思地看着我，“你之所以千方百计地接近黎铭希，并不是因为你喜欢他，而只是想要调查他的底细了？”

“那当然！我不是早就告诉你不是了吗，我怎么可能喜欢上一个星际逃犯！”我立刻反驳道。

贝里斯却突然如释重负般地笑了起来，他的眼睛笑成弯弯的月牙状，嘴角上扬，露出两排洁白的牙齿……

虽然我不知道他为什么会突然发笑，但是看着他开心的样子我也不自觉地跟着开心了起来。

“虽然你没有喜欢阿希让我很开心，但是真的，阿希不可能是你口中所说的那个星际逃犯的。”

“我……”

“你想想，那个星际逃犯肯定不可能从小孩的时候就逃到地球了吧，但是阿希可是和我一起长大的……”

虽然贝里斯解释得很有道理，但是……我怎么也无法相信自己所做的一切都是白费力，我的发财梦啊！

“我不信！”我“噌”的一声从沙发上跳了起来，直往门口冲去，“我现在就去找黎铭希对质好了！”

“喂……鲁霏霏！”贝里斯连忙手忙脚乱地跟了上来。

“你站住！”

“喂，等等我！”

我不理他，径直冲到马路上叫了车，还好我上次在听到那几个女生讨论黎铭希住在那个什么乐山小区的时候，特意去问了同学乐山小区在什么地方，也顺便问出了黎铭希家的具体地址。

车子刚停稳，我就迫不及待地跳出了车门，往小区的里面跑去。

“一单元……”

“二单元……”

“三单元……”

眼看着还有一个转角就要到黎铭希所住的四单元门口了，我使劲往前冲去，却在转弯之后，被映入眼帘的画面惊呆了！

老旧的居民楼下，昏黄的路灯下，此刻，一对男女正拥抱在一起。

这不是最让我惊讶的，最让我惊讶的是，那拥抱的男女主角，赫然就是我今天要来找的对象——黎铭希和他的绯闻女主角叶菲林。

叶菲林怎么会在这里，她不是不久前还在和贝里斯约会吗？

啊啊啊，我真是快要被他们弄得疯掉了！

（三）

我刚才冲得太快，想要向后退已经迟了，黎铭希已经发现了我。

“鲁霏霏？”黎铭希惊诧地看了我一眼之后，立刻手忙脚乱地把他怀里的叶菲林给推了出去。

“呃……对不起，我不是故意的，打扰了！”回过神来的我尴尬地缩了缩脑袋，然后转身就想逃跑，却被黎铭希一把拉住了我的手腕。

他没有再看叶菲林，而是看向我追问道：“你来找我有什么事吗？”

呜……让我消失吧！为什么每次我总是这么倒霉？

“呃……我有点事情想要问你……”看来是躲不掉了，我只好灰溜溜地转过身，一脸苦笑地看着黎铭希。

而一旁的叶菲林……早在我出现的瞬间已经变了脸，一张脸“唰”地一下变得惨白。我本来以为自己一定会被她的眼神杀死的，然而，出乎我意料的是，她居然只是深深地看了我一眼，之后轻哼了一声便离开了。

叶菲林越行越远，纤细娇弱的背影给我一种似曾相识的感觉，好像我在哪儿见过这个背影似的……

我的脑海里连续跳出几个模糊的画面，突然灵光一闪，我猛然记起来了！

我知道为什么会觉得她的背影这么熟悉了，因为之前我见过她，在学校的后湖边……

她就是当时扑向黎铭希，却又被他推开的那个女孩，原来他们早就纠缠在一起了。

看来，真的像我之前猜的一样，叶菲林喜欢黎铭希。

可是黎铭希也喜欢她吗？我看着路灯下，黎铭希虽然模糊不清却依然英俊的脸。

“走吧，先进屋再说。”黎铭希打断了我的思绪，转身往楼上走去。

当我从同学那里知道，乐山小区是一个怎样的小区后，其实我已经很意外了。

因为从来到地球上开始便遇到了贝里斯，所以，我一直以为地球人的生活水平应该都是像贝里斯那样的。尤其是，听大家说黎铭希还是偶像明星，所以在我的想象中，他应该是住在有私家图书馆，家里有几间房做成了衣帽间，有很多仆人的那种房子里。

然而眼前的一切却颠覆了我的认知。

房子已经有些年头了，虽然看上去很简单，却也很整洁。

房间里摆放着一张铁架床、一个衣柜、一张书桌、一排看上去有些老旧的沙发，其他便什么都没有了。

还好，虽然简单，但是东西的摆放让人感觉很温馨。

“家里有点简单，别介意，随意吧。”黎铭希招呼着我在沙发上坐下，然后去倒了一杯水给我，“你找我有什么事情吗？”

到了这个时候我才想起自己来的主要目的，可是到了嘴边的疑问，却突然不知道如何问出口了。

难道问：喂，你到底是不是那个星际逃犯埃尔文森？

算了，算了！

我深吸了口气，抬头看向他，问道："其实我今天来是想问你，你为什么不喜欢吃青菜？"

我知道我这么问会显得很突然甚至让人摸不着头脑，但是如果不这么问，我也不知道该如何是好。

"什么？"黎铭希显然也被我的问题给问蒙了，他愣了愣，随即便哈哈大笑了起来。

"哈哈哈，小霏霏，你太可爱了，大老远从贝里斯家跑过来就是为了问我这个问题吗？"他笑得脸上又露出了两个浅浅的酒窝。

说实话，还是这个表情比较适合他！刚才在楼下看他严肃的样子，眉头皱得都快能夹死苍蝇了。

但是现在不是关心这个的时候，我抓住他的手臂，认真地晃了晃："对啊！你别笑了，我是认真的，你到底为什么不喜欢吃青菜？"

黎铭希奇怪地看了我一眼："这个问题对你来说就这么重要吗？"

"当然很重要！"我肯定地点了点头。

这事关乎我对星际逃犯身份的确认，所以说，能不重要吗！

"好吧。"黎铭希无奈地看着我，像是回想起了什么不开心的事情似的，皱了皱眉道，"其实原因很简单，因为小时候家里太穷了，为了省钱，妈妈几乎每天都会弄各种蔬菜，所以我现在特别讨厌吃青菜。"

"真的吗？"没想到答案会是这样呢。

黎铭希无奈地摊了摊手。

"那……你除了不吃青菜以外，为什么连饮料都不喝呢？"我不死心地接着问。

“不喝饮料？经纪公司为了控制我的体重，让我的身材可以时刻保持在最佳状态，所以明令限制了，不许我喝。”

“好吧……”听到这里，我顿时沮丧了起来。

虽然黎铭希说得很轻松，但是我心里异常沉重，因为这么一来，我收集到的“证据”又有一条宣告无效了。

难道黎铭希真的不是星际逃犯吗？可是，如果只是巧合的话，为什么这么多的巧合会同时发生在一个人身上呢？

而且……

“那些蚂蚁呢？为什么你看到蚂蚁会吐？”

说起来，两个人都讨厌蚂蚁的概率也太低了吧！

“蚂蚁？”黎铭希似乎回想到了什么，脸色立刻变得不太好，“我之所以看到蚂蚁会吐，其实跟蚂蚁本身没多大关系，只是因为我有密集恐惧症而已。”

我眨巴着眼睛望着他，不解地问：“密集恐惧症是什么？”

“就是……我看到那些密密麻麻的东西排列在一起就会想吐。”

听到这里我整个人就已经快要崩溃了！

原来并不是因为他讨厌蚂蚁讨厌到看到就要吐的地步，而是因为他只要看到密密麻麻的东西就会想吐……

这么说来，我的最后一张王牌也失效了？

呜呜呜，不要啊！

为什么会变成这个样子？本来我还信心满满地跑来找他对质，可是现在听他这么一说，我完全失去了信心。

难道真的是我搞错了吗？难道黎铭希真的不是星际逃犯？

这样一来，我的赏金不就泡汤了吗？

想到这里，我的脑海中自动形成一组画面，那就是——原本已经到账的数字币现在却插上了小翅膀，一个一个地向外飞，无论我再怎么努力地去追，它们最终还是选择离我而去……

呜呜呜，我不甘心，我不甘心！

“那么……那天在贝里斯家开派对，你接到神秘电话后突然离开，然后星期一学校里却传开了你被一个中年男人勒索的事情呢？”

黎铭希的脸色变得更加苍白了，沉默了半晌，他才苦笑着往我杯子里添了点水，转移了话题道：“难道你就不好奇我和叶菲林之间的关系吗？”

“当然好奇。”我对他点点头，我这不是更担心我的赏金嘛！

想到这里，我不由得又想起了上次在学校后湖看到的那一幕，于是对黎铭希说：“其实，在此以前，我在学校后湖看到过你们在一起……”

“你……看到了？”黎铭希惊讶地看着我，脸上带了些慌乱又带了些忧郁。

我不好意思地挠了挠后脑勺：“嗯……对不起，我不是故意的。但是我保证，你们的谈话内容我一点都没听到。”

“呵呵，其实听到了也没事……”黎铭希叹了一口气。

“所以……你们真的是情侣吗？”

第九章

Alpha Girl Star

CHAPTER

09

真相后面的甜蜜认定

（一）

黎铭希苦笑着摇了摇头，他的双手紧紧地握着手里的水杯，眼睛定定地平视着前方，好像陷入了某种回忆中……

“我和叶菲林的关系要从很久以前说起……”

我不由自主地坐正了身体，听他开始说自己和叶菲林的相识过程……

黎铭希轻轻地叹了一口气，满是无奈地说：“我刚才和你说过，我小的时候，家里面很穷，爸爸沉迷赌博，输光了家里一切值钱的东西。我十二岁的时候，妈妈终于受不了这样的生活，选择了和他离婚。我不放心我爸，所以留在了他的身边。在不久以后，妈妈遇到了她现在的老公……”

我默默地看着他，不知道这和叶菲林有什么关系，但是，黎铭希忧伤的语气，却让我下意识地觉得心疼，不忍也不想打断他的话。

平常看到他，总见他一副笑眯眯的模样，没想到他居然会有这么难言的过去！

“那个男人家世很好，我看得出来，他很喜欢妈妈，妈妈也很爱他。但是好景不长，知道妈妈再嫁后，我爸就经常让我找机会去妈妈那儿拿钱，然后他再拿去赌。妈妈虽然每次都没多说什么，其实我能看得出来她的为难，尤其是……那个人还有一个女儿，她不喜欢我妈妈嫁给她爸爸，她觉得自己的领土受到了侵略，所以她一直很讨厌我妈妈。你知道那个女孩是谁吗？”

黎铭希像是想到了什么，嘴角挂着一抹飘忽的苦笑，那总是带着点俏皮的小酒窝此刻似乎也沾上了苦涩的味道。

“是谁？”我忍不住小声问。

“就是叶菲林！”

“什么？叶菲林是你妈再嫁老公的女儿？”我忍不住惊叫起来。

虽然我想象了无数种黎铭希和叶菲林的关系，却怎么也没想到会是这么回事。

那他们不就是继兄妹吗？可是他们刚才……而且叶菲林……

黎铭希苦笑着叹了一口气，点了点头说：“是啊，那个时候叶菲林很讨厌我妈妈，认为我妈妈是为了他们菲林财团的财产才嫁过去的，所以一直在刁难我妈妈，连带着看我也像是看讨厌的苍蝇一样。我自己也觉得很难过，尤其是每次被爸爸逼着去找妈妈拿钱的时候……不过幸运的是，两年之后我就被现在的经纪公司看中了。”说到这里，黎铭希脸上终于露出了一点笑容，像是经过漫长的寒冬后，终于见到了暖阳，他的脸上也带上了温暖。

可是不知道为什么，我突然觉得心里有些酸酸的，为他小小年纪就要遭遇的一切。

“因为不想再让妈妈为难，所以我毫不犹豫地跟经纪公司签约了。我比同期进去的其他艺人都刻苦，都努力，因为我要努力赚钱，要用自己赚的钱给爸爸还债。那个在地下停车场偷偷和我见面的人，大家都以为我是被人勒索了，但……那其实是我爸。那么多年过去了，他还是一点都没变，每次只有赌输了才会想起我，而他每次打电话给我就只会问我要钱……有时候我甚至在想，如果我哪天不能赚到足够的钱给他还赌债了，他是不是就会彻底忘记我这个儿子了……”

这么说，黎铭希之前接到的神秘电话，是他爸爸打给他的？

“所以，你不是被勒索？”

“哈哈……”黎铭希听后却大笑起来，“有时候，我倒宁愿是被勒索……”

眼前这个男孩，脸上带着笑容，但是这一刻，我却好像看到了那颗被隐藏着的渴望亲情的心。

所以说，事情到这里就都能解释了……

他为什么会接到奇怪电话，他的种种奇怪行为，还有为什么当被问到家庭成员的时候，他的脸色会那么难看……

我知道，我成为有钱人的梦想彻底破碎了！

这个时候，我似乎没有想象中那么难过。

但是，他和叶菲林呢？他们到底是怎么回事？

黎铭希好像看出了我心中的疑问，他收起了脸上的笑容，继续说道：“叶菲林那边，因为不想让她再次为难妈妈，所以我一直试图让她了解我妈妈不是她想的那种人。而且我们刚好在同一所学校，所以平常在学校，我也尽量把她当成亲妹妹一样照顾。这样慢慢过了一两年的时间，她对我和我妈妈的态度渐渐好了起来，不再像是一只全身长满了刺的刺猬，但是……没过多久，我便意识到了不对。”

“怎么了？”我忍不住问道。

“虽然我们没有血缘关系，但我是真的把她当成亲妹妹的。我从来没想过，叶菲林会喜欢上我……”

“啊？”

原来叶菲林喜欢的真的是黎铭希。

这么说，她和贝里斯就没什么关系了。

不知道为什么，听到这个消息，我居然微妙地产生了一点庆幸的感觉。

可是在对上黎铭希忧伤的眼神后……鲁霏霏，在人家这么难过的时候，你居然还好意思想这些，你不觉得羞愧吗？

还好黎铭希并没有注意，他继续说道："以前我一直很奇怪，为什么身边的女孩子，不管最开始的时候聊得多么开心，玩得多么愉快，可是过了一段时间就会默默地疏远我，后来我才知道，原来是叶菲林在从中破坏，只要哪个女生和我亲近一点，她就会去威胁对方。几年来，我的恋情基本上无法超过三个月也是这个原因。别看叶菲林平常在学校看上去特别优雅，但只要是她想得到的东西，就会想尽一切办法得到，哪怕自己得不到，别人也别想得到。"

看不出来，叶菲林这么恐怖！

"上次我和夏岚分手的时候你也看到了吧？"

我默默点头，难道这也跟叶菲林有关？

"夏岚应该是近几年和我交往时间最长的一个女生了，我很喜欢她，和她在一起感觉很轻松。叶菲林私下里其实已经找过她很多次麻烦了，但是每次都被夏岚挡了回去。叶菲林实在没办法了，便又拿我妈妈来威胁我……那次在后湖，她就是想逼着我和夏岚分手，但是我拒绝了。"

我怎么也没想到追踪星际逃犯会听到这样一个故事……

听完黎铭希的故事，我的心里突然很难受。

（二）

我甚至忘记了自己是怎么从黎铭希家里走出来的，直到在他家门外的楼道里看到了贝里斯。

没想到他居然真的跟过来了……

那么刚才我和黎铭希说的话，他都听到了？

贝里斯此时正懒懒地靠在楼道的墙壁上，双手插在口袋里，低着头似乎在思考着什么。

见我出现，他默默地抬头，静静地看着我。

我害怕自己一开口就会哭出来，所以只能选择沉默。

我们俩就这么沉默着往楼下走去……

我原本以为贝里斯会说什么，没想到他却什么都没说，只是沉默地跟我一起走。

走出乐山小区的时候，月亮早已经高高地挂在了天空上，路上行人寥寥，只偶尔有一两辆汽车呼啸而过……

我抬头看了看身边的贝里斯，终于还是忍不住问道："你是不是早就知道黎铭希的身世了？"

贝里斯摇了摇头，轻叹了一口气说："阿希大概也不会想让我们知道他的事情……别看他平常好像什么都不在乎的样子，其实他最要面子了。"

我点了点头："那倒也是。"

换成是我，我也不会希望自己的朋友知道这些事情。

贝里斯停顿了好一会儿，才又继续说："不过我知道叶菲林喜欢他，也知道他的母亲再婚的家庭很有钱，只是没想到他母亲嫁的是叶菲林的父亲……"

"叶菲林有那么多喜欢她的人，怎么偏偏喜欢上黎铭希了呢？虽然这个哥哥跟她没有任何的血缘关系……"

"我怎么知道！"贝里斯对着我翻了一个白眼。

“好吧……”我摊了摊手，突然想到另外一个问题，“叶菲林那么漂亮又有气质，你是不是也喜欢过她？”

“什么？”贝里斯愣了愣，反应过来后他立马就伸手，似乎想要给我的脑袋来一记栗暴。

“喂喂，说话就说话，别动手啊！”我连忙缩着脑袋躲到了一旁路过的一家三口后面。

“哈哈哈……”贝里斯扬着的手还没有收回，却突然夸张地笑出了声。

“笑什么笑，有什么好笑的！”我捋了捋头上乱七八糟的头发，挺直了腰板看着他。

此时，被月光笼罩着的贝里斯已经笑弯了腰。

我看着在月光下爽朗地笑着的贝里斯，不由自主地发了一会儿呆。

不知道是不是因为他在身边，我突然觉得今夜的月光似乎比往日的要亮许多。

等到那一家三口离开了，贝里斯伸手拉住我，笑着胡乱揉了揉我的头发，叹息道：“你啊……”

我不知怎么的，也跟着笑了起来。

我们俩漫步在回家的小路上，四周只有盛夏里还舍不得休息的各种小飞虫，头顶那一盏路灯被枝叶茂密的大树遮挡着，发出昏黄的灯光。

我和贝里斯沉默地并排走着，不知道为什么，只要有他在身边，一切好像都变得自然而随意了。

我想……我已经太习惯有他的陪伴了。

“对了，刚才问你的问题你还没有回答我呢……”脑海里突然一个念头闪过，我忍不住抬头问身边的贝里斯。

“什么问题？”贝里斯一脸疑惑地看着我。

“你是不是也喜欢过叶菲林啊？”

贝里斯含着笑，揉了揉我的头发，说：“笨蛋！我不是早就已经告诉你答案了吗？”

“什么？你骗人！你什么时候回答我了？”

“笨蛋！在这个世界上，我只喜欢过一个人，只对一个人说过‘喜欢’……”贝里斯说着，突然停下了脚步，转身面对我，认真地凝视着我，我甚至可以在他的眼中看到自己的影子。

我差一点就迷失在了这样的蛊惑中，但是，还差一点……

所以，我的心瞬间被提了起来……

贝里斯继续说道：“那个人和我认识没几天就主动牵起了我的手，却执着地追逐着另外一个男生的身影，让我生气，让我忧愁。可是每次我生气的时候，她又会笨拙地讨好我。她经常搞破坏惹我生气，而我却怎么也无法对她生气。那个人还是个迷糊蛋，常常惹了麻烦也浑然不知，害得我还要时刻在她后面收拾烂摊子……”

常常搞破坏、迷糊、爱惹麻烦……

呃……贝里斯口中所说的那个人怎么越听越感觉像我？

鲁霏霏，你又在胡思乱想些什么啊？

想到这里我的脸一下子就变得滚烫了。

于是我赶紧转移话题，结结巴巴地问：“既，既然你不喜欢叶菲林，那今晚你为什么还要和她出去呢？”

“我之所以今晚约她出去，只是希望她能够出面解释一下这次在学校引起的误会，不要再让那些不明真相的同学以为我和她是一对，这样才能减少她的拥护者对你的不满啊，笨蛋！”贝里斯说完，牵起了我的手，他的体温顺着我们相握的手一直暖入了我的心。

原来他这么做，是为了让我不再受别人的欺负……

我心中顿时充满了感动和甜蜜。

路灯下的我们相对而立，贝里斯紧紧地拉着我的双手……

虽然他的位置背光，但我还是能清楚地看到他那双清澈干净的墨绿色眼眸中的深情。

贝里斯定定地看着我，一脸认真地对我说：“鲁霏霏，我喜欢你，我们交往吧。”

“我……”面对他期待的眼神，我却沮丧地低下了头。

听到他这么说，虽然我的世界瞬间开满了甜蜜幸福的花朵，但是一想到马上就要回到自己的星球，我的心里便又产生出一种说不出的苦涩感。

其实在听到他说出喜欢我的那一瞬间，我的脑海里第一反应就是大叫着告诉他：“我也喜欢你！”

但是脑海中有一个声音在不断提醒我：“鲁霏霏，你马上就要离开了，你怎么能自私地答应他的要求！”

所以，我犹豫了。

“你的答案呢？还是……你想说不喜欢我？”贝里斯看到我踌躇的模样，直接抓住我的肩膀，有些紧张地问。

“不，不是！”我赶忙摇头否认。

呜呜呜，我怎么可能不喜欢他嘛！就是因为太喜欢了，我现在才会不知道如何是好。

“既然你喜欢我，我也喜欢你，那我们就交往吧。”贝里斯再次握紧了我的双手，不容置疑地说道。

“可是……”

“你是在担心返回阿尔法星球的问题吗？”

贝里斯果然不愧是贝里斯，马上就看出了问题所在。

我无奈地点了点头，沮丧地说：“贝里斯，我的通信器很快就要修复好了，到时候我就要回母星，所以……”

“那你为什么不干脆留在地球上呢？”贝里斯却似乎一点也没有察觉到我的失落，他语气轻快地打断了我的话，劝说道，“你想想，反正你在阿尔法星球上过得也不是很宽裕，还时不时就要出去执行任务，如果你留下来，不仅不需要再为了一日三餐而奔波，还可以每天吃到美味的夏威夷果酱哦！”

“夏威夷果酱……”

虽然知道他的想法太不切实际，但我还是不争气地在听到“夏威夷果酱”五个字时，立刻吞起了口水。

“你想想，阿尔法星球上哪里有地球上这么多好吃的东西呢？回到阿尔法星球上，你就连吃一包排骨味的泡面都会觉得是一种奢侈；但是如果你选择留在地球上，我发誓你想吃什么就能吃到什么……”贝里斯低下头凑近我的脸，继续鼓动着我。

“我……”

讨厌的家伙，突然靠我那么近，害得我的心跳又开始加速了。

完了，完了……怎么办？贝里斯说得我越来越心动了！

“对了，还有牛肉干、猪肉脯什么的，好像这些都是你最爱吃的吧？反正只要你留下来，就可以每天都吃到很多很多好吃的……”

“好吃的……好吃的……”我喃喃地重复着。

夏威夷果酱、排骨泡面、牛肉干、猪肉脯……

超级、超级多好吃的……还每天都能吃……

光是听贝里斯这么说，我就已经不停地吞口水了，现在在我眼里，满世界都飘浮着这些好吃的，它们在我的眼前旋转着、跳动着……好像每一种好吃的都在向我发出“快来吃我啊”的信息。

我要吃好吃的，我要吃好吃的，我要吃好吃的！

就在我的魂魄都被这些美食拉走，眼看着就要点头答应的时候，我头顶的头发突然剧烈地摇晃起来……

下一秒，伴随着耳畔传来的几声熟悉的“吱吱吱”声，我的眼前突然出现了几个金光闪闪的大字——“自动修复已完成”！

什么？我的通信器居然在这个时候自动修复好了？

“不是吧？”

下一秒，我只感觉眼前一片一片的白光迅速闪过，大量的信息接连不断地砸向了我的脑袋……

大量的信息直接把我砸得眼冒金星，我只觉得双腿一软，眼前便陷入了一片黑暗。

隐约中，我似乎听到贝里斯紧张地呼唤着我名字的声音，以及他“扑通扑通”的心跳声……

（三）

我再次醒来的时候，已经回到了贝里斯家我自己的房间里。

眼前是天花板上垂落下来的星光照明灯、墙头那盏可爱的小兔子夜灯，当然还有……贝里斯那张放大了好多倍的脸。

“你终于醒了！”见到我睁开眼睛，贝里斯立刻俯下身把我搂了起来。

贝里斯搂得很用力，像是要把我嵌入他的身体似的，直到我忍不住咳嗽起来，他才放开了我。

“你怎么会突然晕倒？现在好点了吗？是不是还不舒服？”贝里斯说着，帮我立起枕头让我倚靠在床头，然后给我递来了一杯清水。

“没有不舒服啦，只是……”我揉了揉依旧有些眩晕的脑袋，皱了皱眉，“刚才是因为我的通信器自动修复完成，大量信息一下子涌进大脑，我一时消化不了，才会晕过去。”

“哦，那你的意思是通信器已经修复完成，你要返回阿尔法星球了吗？”

“嗯。”我点了点头，立刻就见好不容易才放松下来的贝里斯再次满脸阴沉。

“其实，其实我可以不用马上回去的，只要我不向母星那边发送消息……”看着他铁青的脸，我嗫嚅着安慰道。

听到我这么说，贝里斯紧皱的眉头才稍微舒缓了一点，却依旧沉默不语。

“其实我也不急着回去啦，我还要在地球上多吃些好吃的呢！”我边说着，边讨好地摇了摇贝里斯的手臂。

“笨蛋！”

贝里斯突然伸手搂住了我的脖子，把我整个人都向他的方向带了过去，接着……接着他竟然低下头，将自己的嘴唇紧紧地覆盖在了我的嘴唇上面……

天旋地转……

头晕目眩的感觉突然袭来……

男女生的嘴唇紧紧地贴在了一起，这就是电视里经常上演的亲吻吧？

所以说，贝里斯亲吻了我？我和贝里斯……接吻了？

天啊，我简直不敢相信眼前发生的一切，可眼前的贝里斯又是如此真实。

他急促的鼻息扑在我的脸上，高挺的鼻子不时和我的鼻子撞在一起，长长的睫毛微微扇动着……

我只感觉到有一列小火车从我的心中呼啸而过，全身也都变得如棉花糖般柔软……

我情不自禁地跟着贝里斯的动作，闭上了双眼。

呼……可恶的贝里斯，这样一来，让我怎么舍得向母星发信息啊！

不知道过了多久，我们终于分开了。

“来吧，我给你做好吃的。”

贝里斯拉着我来到客厅，打开电视让我在沙发上好好待着，而他转身走进了厨房。

我的思绪还停留在刚才的亲吻当中，心一直在“扑通扑通”狂跳。

我扭头看看在厨房里忙碌着的贝里斯的背影，心中有一种说不出的甜蜜在蔓延……

突然，一则正在播报的新闻把神游中的我拉回了现实……

“一个月后，地球将穿越林尼尔彗星撒落的尘埃带，我们将会遭遇一场前所未有、百年难遇的流星雨……”

“贝里斯！贝里斯！”我立刻兴致盎然地从沙发上跳起来，呼唤着厨房里的贝里斯。

“怎么了？”贝里斯从厨房里走出来，一脸不解地看着我。

“一个月后有一场百年难遇的流星雨！到时候我们去看好不好？”

“嗯，好呀！到时候我们爬到这座城市的最高峰上去看吧。”

“那我们约定好了哦！我看完流星雨再回母星好了，这样算起来我还能在地球上待一个月，在这一个月的时间里，你每天都要给我做好吃的哦！”我看着贝里斯，努力将离别说得不那么伤感。

“唉……”贝里斯轻轻地叹了一口气，一脸无奈地捏了捏我的鼻子，轻声说道，“鲁霏霏，你真的很好吃！”

第十章

Alpha Girl Star

CHAPTER 10

甜蜜背后埋藏的暗影

（一）

这天课间，贝里斯在补眠，无聊的我只好托着下巴望着窗外发呆……

当然偶尔我也会回头，偷看贝里斯那张好看的侧脸，嘻嘻。

这几天，或许是因为那天贝里斯和叶菲林的谈话起作用了，那些女生没再找过我的麻烦。

因为我在地球上只能待短短一个月不到的时间了，所以现在，我和贝里斯都默契地把每一天当成最后一天在过，格外珍惜两个人独处的时光。

每天放学回到家，贝里斯都会亲自下厨给我做好多好吃的；吃完饭后，我们要么在小公园里散散步，要么窝在沙发上看电影。

虽然每天都在重复着这些琐事，但是我们一点都没有腻的感觉，似乎不管做什么，只要和对方在一起，就是美好的……

嘻嘻，原来喜欢一个人的感觉是如此妙不可言。

这样想着，我便忍不住笑了起来。

两个平常跟我比较亲近的女生这时正路过我的座位，见我这个样子，捂着嘴偷笑起来。

“你们在笑什么？”我抹了抹脸，难道我脸上有什么脏东西吗？

“嘿嘿……”没想到她们听到我的话，反而笑得更加暧昧了。

她们什么也没说，只是把我从座位上拉起来，并且推推搡搡地把我带到了教室外的走廊上。

“鲁霏霏，最近是不是有什么喜事呀？”最八卦的小美眨着水汪汪的大眼睛，迫不及待地挽起我的手神秘兮兮地问。

“什么？什么喜事？没有啊！”

“真的吗？”木木也凑过来，一脸坏笑，“这几天你动不动就傻笑，满脸幸福的样子，快老实交代，你是不是恋爱了？”

“人家什么时候傻笑了……”听到她这么说我下意识地捂住了自己的双颊，很快我的手就感觉到了从脸颊传来的滚烫温度，“哎呀，你们真的很八卦啊！”

“嘿嘿，有人害羞了！”

“害羞就是默认了……”

“啊，这么说来，鲁霏霏，你真的谈恋爱了！”

“恭喜，恭喜啊！嘻嘻嘻……”

小美和木木一唱一和的，害得我的脸越来越烫了。

“啊，让我猜猜看，咱们家霏霏喜欢的是什么样的男生呢？”小美倚靠着走廊的栏杆，一只手托着自己的下巴，一副很认真的模样，“难道是体育委员？”

“哈哈哈……”这话刚说完，她自己就控制不住地大笑起来。

“拜托……怎么可能！”我白了她们一眼。

我真是快要被气吐血了！

天啊，我们班的体育委员可是个体重起码有一百八十斤的大胖子！我怎么可能会喜欢那种男生！

“嗯……好了，好了，说认真的，难道是贝里斯？”小美的话让我心中一惊。

不过还好，她的猜测马上就被木木否决了：“不，不，不，我觉得应该是黎铭希！因为前段时间霏霏不是老往黎铭希的教室跑吗？”

“希希？你们是在说我们家希希吗？”

一提到“黎铭希”这三个字，自称黎铭希头号粉丝的恩雅就不知道从哪里冒了出来。

她加入我们的“小团体”，非常自然地挽过我的另一只手臂，倚着我的肩膀“哭”得梨花带雨……

“呜……你们知道吗？我们家希希已经一个星期没有出现在学校里了，足足一个星期啊！呜呜……你都不知道我这个星期过得是如何煎熬……”

“他怎么了？生病了吗？”

说起来，自从那次从他家出来以后，我还真没再见过他呢。

“他……呜呜呜……他，他，他……”恩雅挽着我的手，眼睛里居然真的蒙上了一层水汽……

我心中一紧，难道黎铭希真的出事了？

我正想问她黎铭希到底怎么了，她却突然语调一变，大声嚷嚷道：“我们希希还能干什么？肯定是因为他们公司有活动，所以请假了啊！”

“哼！”小美和木木同时给了她一个白眼。

我悬着的心这才落了下来。

恩雅这个夸张的家伙，就喜欢说话大喘气来吓唬人家。

在我们几个互相打闹说笑的时候，一个温柔的声音从我的身后飘了过来……

“请问，你们刚才是在说黎铭希请假的事情吗？”

我转过身，便看到了叶菲林正亮着她那张招牌式的微暖笑脸面对着我们，身后还跟着两个女生。

“啊，叶菲林？”

作为菲林女神粉丝团中的一员，木木立即惊呼起来。

“是啊，是啊。”小美双眼冒着星光，抢着回答。

如果不是因为已经听黎铭希说起过叶菲林的可怕，我也一定会被她现在的模样迷住的。

“那……他是从什么时候开始请假的呢？”

叶菲林果然还是如此关注黎铭希的一切啊。

“恩雅，恩雅！”

木木使劲戳了戳恩雅的腰，正看着叶菲林发呆的恩雅这才回过神来，慌乱地回答道：“呃……好像是上周的星期三吧。”

“好吧，谢谢！”

叶菲林再次对我们微微一笑，让木木都快要眩晕了。

本以为问完之后叶菲林就要走了，没想到她却走到我的面前，突然似笑非笑地看着我：“鲁霏霏，你的脸怎么这么红？”

“我……”我一时间不知道该如何回答她。

“嘿嘿嘿……她啊……哈哈哈……”

叶菲林这么一问，立即引来了木木和小美的一阵哄笑。

“有人还沉浸在幸福的恋情当中，当然……嗯嗯嗯……”

我连忙冲上去，捂住了木木的嘴。

还好我反应及时，否则不知道从木木的大嘴巴里还会说出什么乱七八糟的话来。

“嘘！”我焦急地瞪了她们一眼，她们这才不说话了。

我正想跟叶菲林解释一下，却见她脸上的笑容已经僵住了。

她有点生硬地转头看向恩雅，有些冰冷地再次确认：“你刚才说黎铭希是什么时候请假的？”

恩雅被她这样的语气吓到了，愣了一会儿才回答道：“上……上周星期三。”

咦？那不就是我去找黎铭希之后的第二天吗？

叶菲林轻轻“嗯”了一声，定定地看了我几秒钟，眉头微微皱起来……

她若有所思地抿起了那两片樱桃色的唇，转头跟她身后的两个女生耳语了几句，再次怪异地看了我一眼，头也不回地转身离开了。

我站在原地，回想着她最后看我的那一眼，忍不住打了个寒战。

她不会是误会了什么吧？

（二）

这天放学前，天色突然暗了下来，阴沉沉的乌云把天空遮得严严实实，闷热的空气让人呼吸都变得困难了起来。

我正在收拾书包，贝里斯突然走到我的身边说：“霏霏，今天你先回家吧，叶菲林说放学后有事找我，我会晚一点回去。”

"她找你有什么事啊？"我边把桌上的课本收到书包里，边问道。

"我也不知道。"贝里斯摊了摊手，"上次请她帮忙，我还没亲自向她道谢呢，这次她有事找我，我也正好借这个机会请她吃个饭，算是感谢吧。"

"哦，那我待会儿就自己回家了。"我不在意地点了点头。

要说之前我可能还会担心他们两人会产生什么暧昧的情愫，听到黎铭希说的那段往事以后，我已经彻底放心了。

贝里斯突然双手抓着我的肩膀，把我的身子转到面对他的方向。

"怎么？"我不解地看着他。

贝里斯一脸严肃地对我说："你待会儿乖乖一个人回去，不要到处乱跑，知道吗？"

"知道啦！"我不耐烦地朝他挥了挥手，我还以为他要和我说什么呢。

贝里斯一脸无奈地看着我，脸上还是写着"不放心"几个字……

我就这么不值得信任吗？哼！

"如果你乖乖听话的话，我回去的时候就给你带好吃的，好不好？"

"真的吗？"一听到"好吃的"，我立刻双眼冒光，"要说到做到哦！"

"当然。"

"哇，又有好吃的啦！"

看到我手舞足蹈的样子，贝里斯无奈地摇了摇头，再度强调："一定要乖乖回家，不要到处乱跑！知道了吗？"

"知道了，知道了！我保证会乖乖回家，不乱跑，行了吧？"贝里斯最近真的越来越啰唆了。

经过我的再三保证，贝里斯这才放心地离开了教室。

一个人走在回家的路上，路旁两列单调的景观树看得我有些恍惚，走到岔道的时候，一个熟悉的身影映入了我的眼帘。

咦？前面那个穿着我们学校制服，披着一头黑亮长发的女生，不是叶菲林吗？

她不是约了贝里斯有事吗，怎么会出现在这里？

我走过去，正想问她为什么没和贝里斯在一起，她却先一步看到了我，走过来笑着说："嘿，鲁霏霏……"

"嘿……你不是和贝里斯有约吗，怎么会在这里？"我好奇地问。

叶菲林笑着回答："哦，他呀，他说临时有事，所以我们还什么都来不及说，他就已经匆匆离开了。"

有事？贝里斯又怎么了？

"对了，鲁霏霏同学，你现在有时间吗？"

"有啊！"

"那咱们俩聊聊吧……"

"啊？"

我们之间好像也没什么可讨论的话题吧？

而且，贝里斯让我乖乖回家，如果他回家看不到我，肯定会生气的。

"你赶着回家？"叶菲林的脸色变得有些僵硬。

我想起她和黎铭希之间的事情，之前我对黎铭希关注有加，她说不定对我有误会，而且……她这样的行为对黎铭希实在太不公平了……不行，我还是得跟她说清楚。

“好吧，晚些回去也没事的。”想到这里，我点了点头。

“那咱们换个说话的地方吧。”叶菲林明显松了一口气，微笑着带着我往前走。

我们到了附近一个临海的风光带上，今天不是周末，人流量并不是很大，偌大的观景台上只能偶尔看到几个身影。

我记得电视上曾经介绍过，这里是本市一个著名的观潮点，难怪这周围的堤岸都修得格外高。

我站在观景台上，双手撑着护栏望着底下来回翻涌的海水，阵阵扑面而来的海风吹散了周围闷热的空气。

（三）

我和叶菲林站在观景台边上，一时间都不知道该说点什么。

好几次我都瞥到她面对着一望无际的大海，正在偷偷地做着深呼吸。

她也在紧张吗？

也不知道叶菲林到底要跟我说些什么……

叶菲林偶尔低下头，似乎在酝酿着什么。

啊，不行，不能再等了！

我得抓紧时间把我要说的话说完才行，要不然贝里斯回家看不到我，我就完了。

“呃……那个……”于是我首先打破沉默，“你真的喜欢黎铭希吗？”

不知道我这么说是不是太直接了，反正叶菲林并没有立刻回答我的问题，她双手撑着身前的栏杆，眺望着大海远处，脸上的表情看上去有点空洞：“你怎么会知道？他告诉你的吗？”

知道什么？她喜欢黎铭希的事情吗？

“是啊，那天晚上他告诉了我很多事情……”

叶菲林的表情让我有些尴尬，虽然黎铭希说过她在感情方面的占有欲很强，可是此刻，她看上去却像个被人抛弃的孩子。尤其是当我说到那晚的时候，叶菲林的脸上明显闪过一丝痛苦的表情。

难道那天晚上我去的时候，黎铭希又一次拒绝了她？

“果然……”她意味深长地看了我一眼，眼中闪过的冷意却让我忍不住一缩，下意识就想退避……

可是想到黎铭希当时忧伤的表情，我只能强忍住退缩的欲望。

唉……谁让我之前误把他当成了星际逃犯，还害他残忍地剥开了自己的伤口呢！

只是，贝里斯不是说黎铭希不愿意让朋友们知道自己的家庭情况吗？为什么他毫不犹豫地告诉了我？

不管了……

我接着说：“你……觉得自己是真的喜欢黎铭希吗？”

“你这是什么意思？”叶菲林的脸色变得十分难看，眼里也弥漫了一层水雾。

“喜欢一个人，不是应该希望他每一天都能过得好吗？他并不一定要时时刻刻跟我在一起，也不一定只属于我一个人，他也需要有自己的朋友，需要有自己的空间……”

我脑海中不由自主地浮现出了贝里斯的模样，他暴躁的、开心的、生气的、吃醋的模样……每一个他都让我觉得很甜蜜。

“无论是谁，如果把对方逼得太紧，只会造成反效果，两个人的关系也只会越来越疏远，你说对吧？”

叶菲林默默地听着，海风吹乱了她的长发，发丝在风中缭乱着，让人看不清她此时此刻的表情……

“呵呵……”叶菲林终于不再沉默了，她冷笑两声，指着自己说，“你觉得是我把他逼得太紧了？”

她的态度让我有些尴尬，我不知道如何是好，只能小声解释：“其实黎铭希告诉过我一些你们俩的事情……”

可是我的话还没说完，她的眼眶就变红了：“是黎铭希让你来劝我的吗？”

“我……”我顿时被问住了，完全不知道该如何是好，“那个……我是看黎铭希很难过……”

想到那天的画面，我心中那种难过的情绪便又出现了。

心里像是被什么东西堵住了，为了转移注意力，我只好离开护栏，来到堤坝下的台阶旁边……

“你们真的不能像普通兄妹那样相处吗？他是真的把你当成亲妹妹的……”

我已经不敢再看向叶菲林了，虽然我是来劝她的，可是看到她绝望的眼神，我还是很为难。

也不知道我刚才的那番话是不是说得太重了，叶菲林久久不语，我也不知道她心里究竟在想着什么。

我想一鼓作气地说下去，却又踌躇着不知道怎么说才能减少对她的伤害……

这时，我的目光被一个特别的小东西吸引了。

只见不远的台阶上有一个颜色非常漂亮的小贝壳，想来应该是涨潮时被海水冲上来的。

我起身向小贝壳走去，想把它捡起来……

“你在干什么？”

就在这时，远处突然传来了贝里斯的惊叫声。

奇怪……贝里斯怎么也来了？

我惊异地回头，却看到了双手向前平举似乎打算推什么东西的叶菲林……

天啊！她在干什么？

与此同时，叶菲林突然高声尖叫起来，身体失去重心似的在往台阶没有护栏的那一边扑倒过去……

不是吧……下面可是几米高的堤坝！摔下去的话，就算不死也会头破血流的……

说时迟那时快，我下意识地伸手把她拉住了，但下坠的重力还是让叶菲林掉下了台阶，半个身体悬在了空中。

不得不说叶菲林比我想象中的要重很多，才这么一下子我的手就被她抓得变成了猪肝色……

“抓紧了！”我一边紧紧地拽着她的手腕，不让她的身体继续下滑，一边忍不住追问，“你刚才为什么要害我？”

叶菲林转过头看看脚下，再看看正吃力地拽着她的我，突然崩溃地哭了起来：“我不需要你假惺惺的帮忙，我绝对不允许你和黎铭希在一起！”

什么跟什么啊？她是不是误会了什么？

“你先不要激动，先听我……”

“我不要听！”叶菲林直接打断我的话，她再次看了看自己的脚下，继续大声地对我嚷嚷，“你快放手！我绝对绝对不会同意你们在一起的，除非我现在死掉！”

不同意我们在一起？

拜托……她该不会以为我和黎铭希在一起了吧？

天啊，这样的话真是一个超级大乌龙！

我看着正在挣扎的叶菲林，有点哭笑不得。

可现在不是笑的时候，她掉下去的话，真的会出大事的，我连忙加大了力气，好不容易才把正在下滑的她往上拉了一点点……

呜呜，手痛死了！

贝里斯你这个坏蛋，你刚才到底在哪儿说话呀？快一点啊，我快要支持不住了！

“叶菲林，事情不是你想的那样，你先不要……”

“放开我，我不要听！”叶菲林还在剧烈地挣扎。

我真的快要拽不住了！

我死死地拽住她的手，忍不住吼了起来：“我和黎铭希半点关系都没有啊！”

我额头上一定已经青筋暴突了。

“什么？你说什么？”

“我说……之前的一切都是你误会了，我和黎铭希根本就没有在一起！”

“真的？”叶菲林的眼泪还挂在眼角上，不过看样子她的情绪已经稳定了许多。

我这才敢用力喘一口气……

“就算你和黎铭希无法成为情侣，可你受伤的话，黎铭希还是会很难过的！难道你忍心看着他难过吗？”

这句话终于让叶菲林放弃了挣扎。

我已经没有多少力气了，眼看就快支撑不下去了。

“来，把手给我！”

还好，这个紧要关头，贝里斯终于赶到了我身边，并且伸出双手抓住了叶菲林的手腕。

在我和贝里斯的共同努力下，叶菲林终于被重新拉回到观景台上。

受到惊吓的叶菲林瘫坐在地上，剧烈地喘息着……

而以同样姿势坐在地上的我，现在不仅是心有余悸，还体力透支了。

“贝里斯，你怎么会跑到这边来了？”才稍微缓过来一点的我，立马向贝里斯问道。

贝里斯双臂环抱，脸上非常明显地写着“冷酷”二字。

他皱着眉头，冷冷地看了一眼叶菲林，说道：“原本我是在约定的地方等着的，等了好久都没等到她来，正巧看到她的同学经过，我就问了一句她去哪儿了，这才知道她跟你一起往这边来了。没想到我刚找到这儿，就看到了这么刺激的场面……”

看着贝里斯，我顿时傻笑起来，心里一阵甜蜜：“所以你是特地来找我的吗？”

而被他的目光扫到的叶菲林，立刻羞愧地低下了头。

嘴角抽搐了一下，贝里斯像拎小鸡一样把我从地上拎起来，一脸余怒未消的模样："我是特地来找你算账的！鲁霏霏，你又忘记自己答应我的事情了？"

找我算账？

完蛋了！

我这才猛然想起，放学的时候自己明明再三答应他不乱跑、乖乖回家的，结果现在却跟叶菲林出现在了这里……而且刚才还一起经历了如此惊心动魄的场面。

完了，这次贝里斯非得把我骂死不可！

果然，就在我思考着该如何挽回、应对的时候，贝里斯已经阴沉着脸向我发问。

"一个小时前是谁信誓旦旦地答应我不乱跑的？"

"我……我……"我把头埋得低低的，恨不得找个地洞钻进去。

"现在又是谁随随便便就跟着别人跑到这里来的？"贝里斯不依不饶，伸出手戳了戳我的脑门，还故意大声问道，"是——我——吗？"

心虚的我无言以对，下意识地向后退了一步……

"啊——"

糟糕！我竟然忘了自己身后便是没有护栏的台阶，等我反应过来的时候，我已经踩空了！

"鲁霏霏——"

贝里斯瞬间瞪大了双眼，双眼中此刻只剩下了恐惧。

他连忙伸出手试图拉住我，我也努力地朝他伸长了手，可是已经晚了，我只抓到了一团空气……

这次我一定完蛋了！

“啊啊啊——”我尖叫着，就这么从那条长长的台阶上滚了下去。

“鲁霏霏——”

一瞬间，所有事物在我的眼前开始旋转了起来，耳朵里不知道是什么声音一直在嗡嗡作响，脑袋和胳膊在台阶的撞击下感到一阵又一阵的疼痛。

我只感觉到自己头晕得厉害，也不知道到底过了多久，只感觉自己的身体有那么一瞬间失去了支撑，而且还在一直笔直地下落……

此时海风和海浪拍打着礁石所发出的声音显得特别响亮，我使劲撑起那重重的眼皮，却只在隐约中看到自己距离护栏上那两个黑乎乎的影子越来越远……

接着只听“扑通”一声，很快，海水淹没了我的身体，咸涩的味道包围了我……

（四）

原本我也以为我要完蛋了，可就在我身体不断下沉的时候我却突然感觉到了一股强烈的信号正由我的通信器向外发散而去。

一定是通信器受到海水的侵蚀过后自动向母星发射求救信号了。想到这里，我的心里感到一阵安慰。

可是由于通信器中信号与信号之间的猛烈交换使我的身体一阵抖动，紧接着世界便慢慢黑了下来，就连我最后的意识也失去了。

我感觉自己做了一个好长好长的梦……

梦里的我被母星派来的人扛上了星际巴士，梦里的我随着海平面上出现的那道白光，在地球上消失了。

环视四周的场景，不知怎么的我又回到了发生意外的那个观景台。

可是……这如果真的只是一个梦的话，为什么此时此刻贝里斯那落寞的背影却显得如此真实呢？

“贝里斯，贝里斯！”

没错，眼前这个背对着我的人，一定就是贝里斯！可是为什么无论我怎么呼唤他，他都无动于衷？

而此时的贝里斯还是一动不动地背对着我站着，我冲上去想紧紧地抱住他，可我却像是抓了一把空气似的直接从他的身体里穿了过去。

我好像变成了一个影子，而贝里斯也完全不知道我的存在。

只见他神色忧伤地走到那天我踏空的台阶上，然后就这样默默地找了一个地方坐了下来。

他那涨红的双眼就这么直勾勾地盯着眼前的海面，整个人没有一点精神。

看着他布满血丝的眼睛，我的心突然像被针扎一样痛了起来。

“笨蛋贝里斯！我就在你身边啊！”好想大声喊出来，可是我知道他听不到。

一瞬间，场景突然又转换到了教室里。

课间里同学们在嬉笑打闹，而贝里斯的耳朵里却紧紧地塞着耳塞，企图隔绝一切外界的声响。

贝里斯还是没有说过一句话，脸上也没有任何表情，看到他这样，我的眼泪一下子就溢出了眼眶。

“笨蛋贝里斯，你别这样！”

我就站在他面前，失控地拼命掉着眼泪，如果他看到的话，他一定会过来把我紧紧抱在怀中安慰我，可是……我知道现在的他看不到也听不到。

回到家后的第一件事，贝里斯还是打开电视，接着他走到冰箱前，从里面取出了一小袋夏威夷果，然后把它们放在了我的小板凳上。

然后他就面对着我的小板凳，盘腿坐在地板上看着那盘夏威夷果发了好久好久的呆。

那张偌大的沙发上现在就只剩下他孤零零的一个人，少了我的陪伴，他更是显得寂寞。

晚餐，贝里斯总是象征性地吃了几小口，然后就这么呆呆地在客厅的沙发上坐着，也不知道他在等着什么。

电视里播放着无聊的节目，他也就这么傻傻地看着，然而看着看着，他的眼眶突然就湿润了。

我真的好想、好想在这一刻紧紧抱着他，永远都不要分开了。

在一旁观望着这一切的我早已经是泣不成声……

夜深了，贝里斯双眼通红，却就是不肯睡去，直到身体支撑不下去他这才肯窝在沙发里稍微闭了下眼睛。

“我就在你身边啊！”

我无数次地呐喊着，可是他听不到，我也只能眼睁睁地看着贝里斯一天一天地忍受着痛苦。

他每天都要走过我们曾经一起去过的地方，在那里等着我，好像生怕我回来后却看不到他一样。

日复一日地寻找无果，一次又一次地失望而归，贝里斯的眸中已经渐渐失去了光彩，现在的他就像是被抽走了灵魂一般，剩下的只是他的躯壳。

这真的是我的梦吗？可是为什么我会觉得如此真实？真实到看着这些画面我的心都在隐隐作痛着……

可是……我还活着吗？如果我还活着的话，我怎么还不快点醒来？

只要我醒来，我就能马上回到贝里斯的身边，大声告诉他我回来了啊！这样他就不用再如此痛苦下去了！看着他如此低迷地过着每一天，我比谁都要难受……

突然眼前的画面一转，贝里斯的身影消失在了我的视野当中……

现在的我置身于一间洁白的房间之中，就像一个牢笼，无论我怎么走也走不出去。

“贝里斯，贝里斯，不要走！”我边大声呼喊着他的名字，边用力拍打着墙面。

我的眼皮还是那么重……

我强撑着那厚重的眼皮，好不容易才睁开了一道缝……

强烈的光芒瞬间照射过来，脑袋里一阵剧痛却让我的思绪清晰了许多。

我伸出手挡在了眼前，才让我整个人感觉好受一些。

枕头上传来的潮湿感让我意识到我的枕套已经被眼泪弄湿了一大片。

我……还没死吗？

我目不转睛地盯着天花板看了足足一分钟后才反应过来，此刻映入眼帘的景象对我来说陌生又熟悉。

在我的床头悬浮着小蜜蜂闹钟，四周散落的是各种机器的零件，还有在窗外疾驰着的各种飞行器……

原来梦中的一部分画面也是真实的，那就是——我已经回到了阿尔法星球。

第十一章

Alpha Girl Star

CHAPTER 11

最终的恋爱乐章

（一）

在床上像僵尸一样迷迷糊糊地休息了一段时间后，我的身体渐渐没那么虚弱了。

我想……贝里斯就这样眼睁睁地看着我从他的眼前消失，心里一定很难过吧。

可是明明知道他的难过，而又不能立即回到他身边的我，却比他还要痛苦一千倍、一万倍。

所以这些天来，我一直非常配合医生的治疗，因为心里一直有一个声音在呐喊："我一定要快点好起来，我要回地球去找贝里斯！"

只有彻底好起来了，我才能再次返回地球，才能大声地告诉贝里斯："我还活着！"

回想起在我梦中出现的，贝里斯落寞、忧伤的身影，我的眼泪便开始在眼眶里打转……

想到这些，我便再也按捺不住了！

虽然脑子还有点晕乎乎的，但我还是摸索着下了床……

简单地用冷水洗了把脸让自己清醒以后，我便迫不及待地跑到了星际巴士站，等待下一班通往地球的星际巴士……

当我再次到达地球上的时候，太阳已经快要落山了。

从星际巴士上下来以后，我便迫不及待地往贝里斯家赶去。

“叮咚。叮咚——”

我急迫地摁着门铃，等了许久却没人来给我开门。

难道贝里斯不在家？

我查看了下通信器里的时间，这才恍然大悟……

鲁霏霏，你还真是个糊涂蛋，这个时候贝里斯刚放学呢，怎么可能有人来给你开门嘛！

不行！为了能够在第一时间见到他，我还是去学校找他吧！

可是如果路上错过了怎么办？想到这里我的脚步又停了下来，再次返回了他家门前。

我背靠着贝家大门，盘腿坐在地上纠结了好久，最后还是决定就在门口乖乖等他回来。

时间一分一秒地走过，我打起了十二分精神死死地盯着门前那条道路，打算在贝里斯出现的瞬间给他一个惊喜……

可是，乘坐了这么久的星际巴士，我现在好累。

一股强烈的困意席卷而来，我一只手托着下巴，另一只手则撑着眼皮……很快便陷入了黑暗。

等我再次醒来的时候，天已经完全黑了。

完蛋了，我怎么会睡了这么久！

这么晚了，贝里斯也应该回来了吧？

我一拍脑袋，一下子就从地上蹦了起来，可是我身后的贝家还是漆黑一片……

奇怪，贝里斯家里的灯怎么一盏都没打开？难道他还没回来？

这么晚了贝里斯还没回家，那么……他到哪儿去了？

我向后走了几步，大大地伸了一个懒腰，走到院门前，抬起头看到了漫天的星星，今晚的星星好像特别亮又特别多。

正好这时两个穿着运动装夜跑的路人经过："听说今晚大家都跑到山顶去看流星雨了，你怎么不去哦？"

"我？我对流星雨什么的才没兴趣呢。"

"我也是，哈哈哈……"

等等……山顶？流星雨？

啊……今天该不会就是我和贝里斯原本约定一起去看流星雨的日子吧？

天啊，我竟然差一点就把这么重要的事情给忘了！贝里斯之所以这么晚还没回家，一定是跑去看流星雨了，难怪我见不到他的踪影呢！

想到这里，我便迅速往这座城市的最高峰跑去……

"呼哧呼哧——"

在我喘着粗气拼命往山顶赶的时候，已经陆陆续续地有前来观看的人从山顶往下走了。

流星雨……已经结束了吗？

如果贝里斯真的来看流星雨了，那么现在……他会不会跟别人一样已经走了呢？

不管了！说不定贝里斯还在山顶上等着我呢。所以无论如何，我都要爬上山顶。

我越是接近山顶心跳得就越快，一想到就要见到贝里斯了，我就忍不住激动了起来。

可是当我终于出现在山顶上的时候，眼前所看到的景象却让我失望透顶……

此时的山顶上已经空无一人了！原本全身都充满了活力的我，瞬间就像是只漏了气的皮球一样蔫在了原地。

我弯着身子，双手撑在膝盖上大口地喘着气，抬头看着眼前空荡荡的景象，我突然鼻子一阵发酸……

贝里斯是不是已经离开了呢？或者说他已经忘了我们的约定，根本就不曾来过这里……

想到这里，我的眼睛开始酸胀了起来，我只感觉到一股热流不断地往我的眼睛里涌进。

抬起头呆呆地望着夜空中依然闪烁着的星星，我承认没能在山顶上看到贝里斯的身影，我有点难过，也有点失落。

算了，鲁霏霏，面对现实吧，贝里斯已经离开了。

我深深地吸了一口气后，就打算往山下走，可就在这个时候，从一块巨大的山石后突然发出了一阵声音。

奇怪，是有人在打电话吗？

好奇心促使我的脚步不断向那块大山石靠近，只听到一个男生疲倦失落地说道：“她没有回来，也许她再也不会回来了！

“让我一个人静一静吧，我没事！”

等等……

这个声音好熟悉，好熟悉……

没错，就是贝里斯的声音！

我的眼泪在这一瞬间彻底决堤了，我模糊着双眼，默默地走上前……

（二）

星光下，只见贝里斯无力地背靠在巨石上，他抬起头望着夜空中的繁星，眼角滑落下一大滴泪水。

“贝里斯……”我哽咽着呼喊着他的名字，贝里斯先是愣了一下，接着他才缓缓地转过了身子面对着我。

我边抹着眼泪边向他冲了过去，并且死死地抱住了他：“呜呜呜……贝里斯，我好想你！”

我再也压抑不住自己的情绪了，任由眼泪稀里哗啦地从眼睛里滚落下来，双手紧紧地环抱着贝里斯的腰，生怕我一放手他下一秒就会飘走。

贝里斯似乎也没想到我会出现，一直愣愣地站在原地，像根柱子一样，不过还好，很快他就回过神来了。

他伸出双手更紧地把我抱住了，像是恨不得把我嵌进他的身体里。

“太好了……你终于回来了！”贝里斯的手掌温柔地抚摸着我的头发，声音有些沙哑，“鲁霏霏，我真的好害怕，害怕你再也不会回来了。”

“傻瓜！我怎么可能不回来？人家怎么可能丢下你一个人嘛！呜呜呜……”

说着我又开始哇哇大哭了起来，“刚才我看到山顶上一个人也没有，还以为你走了呢！呜呜呜……”

“今天已经是我最后的希望了，刚才一直等到流星雨结束的时候都没见到你，我原本已经绝望了，可是就在我打算下山的时候，没想到你却突然出现在了我眼前。”

不知道我们在那块巨大的山石后面紧紧相拥了多久，贝里斯这才终于舍得松开了我，并且牵着我的手走到一张小长椅上坐了下来。

我歪着脑袋把头靠在贝里斯宽阔的肩膀上，他的手轻轻地抚着我的肩。

好想一辈子都像这样懒懒地倚靠着他，脑子里什么事情都不用想，他好像就是我的全世界。

微风温柔地穿梭在我们之间，耳边回响着盛夏那不安分的蝉鸣，头顶是那片绚烂的银河，而眼下便是星星点点的万家灯火。

“你知道吗？刚才看到你出现的那一瞬间，是我这些天以来最开心的时刻。”贝里斯伸出另一只手轻轻把我眼角的泪水给拭干，“那天你掉进海里之后不久，打捞人员就赶来了，却没有找到任何有关你的东西，所以所有人都认定你已经被卷进深海里消失了。”

“我可是充满智慧的阿尔法星少女鲁霏霏，哪有那么容易就被海水给卷走了？”说着我又向他的怀里缩了缩。

“嗯，我也是这么觉得的，外星人鲁霏霏可没那么容易就出事。”贝里斯宠溺地伸出手捏了捏我的鼻子，“可是啊，我一想到以前你曾经说过自己掉进水里就会死掉，我就开始担心起来，结果是不是会跟他们说的一样。不过现在你总算是回到我身边了，这样就好了。”说着，贝里斯再度把我拉进了他的怀抱里。

听着他“扑通扑通”的心跳声，我感觉此刻就连空气都是蜜糖味的。

“对了，你的身体没事吧？你不是说身体泡在水里就会死掉吗？”贝里斯把我从他的怀里放出来后就开始上下打量我，“那天从台阶上摔下去后，有哪里受伤了吗？”

“嘻嘻，没有啦！我身体好着呢！”我笑着拍了拍手臂，“其实呢，说起来我已经算是死过一回了哦，现在是重生呢！嘿嘿。”

贝里斯迟疑了半晌，才问道：“那……你以后还会不会离开？”

“啊，这个嘛……”我有点难为情地挠着后脑勺。

“还用考虑吗？”贝里斯见状后立即向我凑近，他的嘴唇都差点碰到我的嘴了。

可恶的家伙，害得我的心脏又猛烈地跳动了起来。

我红着脸把身体向后挪了挪，连连摆手道：“没有没有！因为上次到地球来做的任务还没完成，回到母星后却发现星际逃犯也早就已经被抓住了，所以……”

“所以什么？快说！”贝里斯凶巴巴地说道。

“所以……我又断粮了！”我哭丧着脸说。

没想到贝里斯反而一脸松了一口气的表情。

我忍不住有些不满地扯了扯他的袖子，扭捏地说道：“其实……我仔细想了想你之前的建议，觉得好像还挺不错的，所以……我打算先在地球上住一段时间……”

我悄悄地抬头，看向贝里斯，却在看到他翘起的嘴角后，忍不住坏心眼地加了一句：“不过，如果你敢对我不好的话，我可是会立刻返回阿尔法星球的，哼！”

“放心！”贝里斯轻笑着把我揽入了他的怀中，霸道地说，“你绝对不会有那个机会的！”

（三）

周末，一觉睡到自然醒的感觉简直棒极了。

而且洗漱完打开房门后就有一阵扑鼻而来的食物香气，饿了一夜的肚子立刻被这股诱人的香味安抚了。

我一路顺着这个气味来到厨房门口，此时贝里斯正背对着我拿着铲子在做早餐。

清晨的阳光倾泻在他的身上，乌黑的头发像是被镀上了一层金边，不知道是不是阳光的效果，看着他挺拔的背影，我竟然有些眩晕。

嗯……为什么贝里斯看上去总是这么帅？

嘿嘿，这当然只是我的心里话，如果让他知道了，他还不得自恋得飞起来了？嘻嘻……

贝里斯一下拿起食材研究着什么，一下又用汤匙试试味道，认真的他似乎完全没有发现我已经站在门口偷偷观察他很久了。

我轻手轻脚地向他走近，原本想给他一个“惊喜”，没想到我刚踮着脚尖向前走了两步……

只见那个原本还在正常工作的扫地机器人，晃荡到我的脚下后突然跟喝醉了似的，摇摆了起来……

而且……而且它的动作还越来越慢……越来越慢……慢到最后干脆停了。

糟糕！

它该不会是要……

说时迟那时快，只听“啪”的一声，它的“脑门”上闪了一个小火花，跟我预想的一样，它果然坏掉了。

真倒霉，再次回到地球上的我又不适应波长了。

“鲁霏霏，你又做了什么好事？”耳边突然传来贝里斯阴沉的声音。

呃……怎么办？怎么办？

鲁霏霏，你还在犹豫什么？快逃啊！

我立即一个转身打算开溜，可这时贝里斯的咆哮声又一次在我的身后响了起来：“鲁霏霏，你给我站住！”

“啊啊啊……我不是故意的！”

我马上迈开大步，向大门的方向飞奔。

我跑，我跑，我跑跑跑！

被贝里斯抓到，他一定会把我暴揍一顿的！

可是因为太害怕了，我经过之处的所有电器一一发出了哀鸣……

在身后追着我的贝里斯也不断发出无奈的叹息……

我好不容易才从家里逃了出来，问我去哪儿？当然是去叶菲林家避难了！

你问我现在跟叶菲林之间的误会解除了没有？

嘿嘿，我会大声地告诉你——我们不仅解除了误会，现在还是非常要好的朋友哦！

当时我落海的事情彻底吓坏了叶菲林，她非常自责，却也终于开始好好反省自己了，所以在我回来后，叶菲林立刻找上门来，诚挚地向我表达了歉意。

而且她还说在那次事故以后，她很认真地思考了我说的话，所以决定以后不会再让黎铭希为难了。

虽然她还是喜欢黎铭希，但是也明白了喜欢一个人就不会让他为难。

叶菲林和黎铭希也打开了彼此的心结，所以他们的关系也缓和了许多，现在他们俩对外都是以兄妹相称呢。

好吧，至于贝里斯是怎么对外解释我的再次出现的……

他告诉大家我掉到海里之后被好心人救下了，因为需要治疗，所以过了这么久才回来……

嘻嘻嘻，没想到再次返回地球后，所有的事情都变得美好了。

当然，除了我又不适应地球上的波长，破坏了贝里斯家的好多电器……

还在我思绪乱飞的时候，睡眼惺忪的叶菲林已经给我开了门。

"嗯？霏霏，你怎么这么早就来了？"她挠着蓬松的头发，一副完全睁不开眼睛的模样。

"啊……那个……我……先让我进去再说！"我推着叶菲林，企图先进入庇护所，以确保自己的人身安全。

可就在这时，一只大手搭在了我的肩膀上。

"啊啊啊——"

我立马惊慌地尖叫起来，并且迅速躲到了叶菲林的身后。

贝里斯怎么这么快就追来了？

可是我的头顶上传来的是另一个声音："小霏霏，你怎么了？"

嗯？这不是贝里斯的声音！

我怯怯地从叶菲林的身后探出脑袋，发现眼前居然是黎铭希，这才舒了一口气。

“不知道她怎么了，一大清早就奇奇怪怪的。”叶菲林无奈地摊了摊手。

“正好我买了早餐，一起吃吧。”黎铭希微笑着对我们说。

叶菲林听到他这么说，立马就丢下了身后的我，非常自然地挽起黎铭希的手，堆着满脸甜甜的笑容问道：“哥，又给我带了什么好吃的？”

“先进去再说吧。”

黎铭希和叶菲林走进了客厅，而走在最后的我刚准备关上门，大门却被人抵住了。

一声怒吼在门外响起：“鲁霏霏！我跟你说了多少遍，不要随便靠近电器，到底要我和你说多少次你才能记住？”

贝里斯气呼呼的脸出现在我的眼前，他一见我就伸出手指戳了戳我的脑袋。

“人家又不是故意的……”犯了错的我只能低着头，做出一脸委屈的表情博取同情。

“呼……”贝里斯看着我这副模样，只能无奈地叹了一口气，“你呀，笨蛋！”

“喂喂喂，你们两个，快进来吃早餐吧！”黎铭希朝我们大声说道，嘴角露出两个可爱的小酒窝。

说完，他还不忘和叶菲林对视了一眼，然后异常默契地用一副被我们打败了的表情看着我和贝里斯。

“好的，马上来！”

“我要吃芝士培根卷……”

哇——

阿尔法星少女鲁霏霏在地球上的新生活正式开始了！

奈奈5周年 重磅巨献

老友记 FRIENDS

晴空

奈奈 出道五周年！

首次携重磅力作——

精装版《晴空1》《晴空2》

做客魅丽优品访客室，接受独家访谈！

创作心路、恶习陋习、隐私八卦，

魅丽八卦小分队绝对为你们一网打尽！

【关于奈奈】

昵称：奈奈

职业：自由职业

性格：时常"治愈"，偶尔古怪

座右铭：相信温暖，相信爱，相信世上存在奇迹

最喜欢的作者：东野圭吾

最喜欢的一部作品：《白夜行》

【奈奈代表作】

《向日葵里的爱情乐章》

《可不可以不勇敢》

《晴空1》

《哭过的天空》

"时光"系列

"绝爱"系列

《当时光绽放成花火》

《忽而半夏》

《玻璃夕阳》

《灿若烟火》

《你的微笑，我的心药》等

【魅丽八卦·小分队倾巢出动】

小分队犀利问题一：

奈奈啊，当年《晴空1》出来后，大家都非常感动于安冉和乔欢的故事，为他们略有遗憾的结局唏嘘不已，纷纷要求你写《晴空2》，你都没有答应动笔，为什么时隔三年，现在再来提笔写这个故事呢？

奈奈感叹不已：

嗨，是三年吗？好像是！原来真的已经三年了。当时觉得故事刚好到那里，是他们最好的结局。可是，这三年来，不断有人跟我提安冉和乔欢的故事，执着于安冉到底有没有等到乔欢的问题，让我也开始有那么点不忍心让安冉一直等下去，于是……

小分队犀利问题二：

那这一次，你让他们幸福美满了吗？

奈奈捧脸沉思：

呃，这个问题好尖锐……我想，每个人对幸福美满的定义都不一样，你喜欢的人恰好也喜欢着你，我觉得这已经是对幸福美满的最好定义。

小分队犀利问题三：

续写这个故事的时候，你的心情是怎样的？

奈奈一本正经地胡说八道的表情：

写这个故事的时候是没有大纲的，甚至在写作的过程中连我自己也不知道故事最终的走向会是什么，我只是遵从着主角们的内心指引，倔强的安冉该是怎样的，温暖的乔欢该是怎样的，他们有他们的性格和灵魂，我只是用我的笔把他们写出来。不想告诉你们，我是边哭边写完全文的（捂脸）……

小分队犀利问题四：

奈奈的文字，有时候悲情无比，有时候又透露出一种骨子里的温暖，所以，奈奈到底是个怎样的人呢？

奈奈深叹一口气：

唉，你们这么直接地戳穿本人“抽风”的真实属性真的好吗？不过，写悲情文的时候，就算哭也觉得很过瘾啊！所以，不时地需要自我温暖和“治愈”一下，这样才能坚强地活下去啊！

小分队犀利问题五：

好了，最后一个问题。奈奈，你看你都出道五年了，是不是，那个，呃，那个……啥时候请我们喝喜酒啊？

奈奈怒摔而去：

啊啊啊，天天都有逼婚的是什么鬼？咱还很青春无敌啊！

老友记

FRIENDS

阳光美好的午后，魅丽优品露天大阳台，三个美丽的身影坐在圆桌旁。

某编：哇，安大的新书《一眼万年》？好眼熟！一定在哪里见过！

大喇叭：是听过好不好？SHE的歌啊！你的胸膛吻着我的侧脸，回头看踏过的雪，慢慢融化成草原……

某编：深情一眼挚爱万年，几度轮回恋恋不灭，把岁月铺成红毯，见证我们的极限……对对对，我想起来了，是有这个歌，当年我们宿舍很多人的KTV必点金曲呢。

大喇叭（一脸八卦）：安大，请问这个故事和歌有没有啥渊源？

安晴（优雅地坐在沙发椅上）：我能说我也曾经很喜欢这首歌吗？但故事确实和这首歌没有什么关系啦。

某编（眼望大喇叭，一脸得意）：作为一个已经看过完整稿子的人，对这个问题最有发言权了，但我就是不告诉你！急死你！

大喇叭（一脸讨好）：安大，我知道你最好啦，透露点消息可以吗？

安晴：我想想该怎么说……大概就是这样，一个美丽善良的女孩，在初恋男友周年祭日那天喝醉了，昏倒在男主角的车子前面，男主角无奈之下将她带回了家。至于那天晚上发生了什么，暂时先保密，嘿嘿，不能说，说了怕你们打我……（忍不住羞涩地笑）分开后的两人原本以为彼此不会再见面，可是两年后女主角回国，却第一时间就和男主角相遇了，你们说，这是不是需要很深很深的缘分呢？

大喇叭（猛点头）：嗯嗯，这就是命运的奇妙之处啊！话说，我觉得安大的故事好像都有一种浓浓的宿命的气息呢！命中注定的两个人，无论经历怎样的悲欢离合，最后终究还是要相遇，并且会爱上对方！

某编（终于按捺不住）：哎呀，其实我觉得，这个故事应该可以称为升级版的《会有天使替我爱你》或者青春版的《佳期如梦之海上繁花》，但绝对比那两个都更好看啦！

大喇叭（一脸激动）：真的吗？真的吗？那两个都超好看的！你这么说，我更加心痒痒了，迫不及待想要一睹为快！安大，今晚给我发邮件好吗？

安晴：我今晚约了桃子吃饭看电影，到家可能比较晚了，要不然你可以让……

某编（接收到安大示意的眼神，第一时间提条件）：可以啊，不过我今天中饭还没着落呢，饿着肚子传稿子，没动力啊……

大喇叭（咬牙）：好吧，中饭我包了！想吃什么帮你点！

某编：旺角清粥的豆豉排骨，外加一份鲜果刨冰。

大喇叭（望着某人扬长而去的背影，无语凝噎）：趁火打劫太没良心了，下次再让我逮到你上班时间偷看小哇的剧照，一定飞奔去报告总裁大人！

滴答滴答，几个小时过去了，漆黑的房间内，一个披头散发的身影在键盘上十指如飞……

如果说，初恋和注定要与你步入结婚礼堂的那个人，

分别占据天平的两侧，

越到彼端，爱便越深，那这一生，海洋便站在了尹墨染右边的最彼端，

给了她一段青春年少时最美好的时光。

可天妒人怨，海洋因车祸离世，尹墨染一直无法走出失去他的阴霾。

直到解雨臣出现——

这是个有些不羁的男子，拥有一双和海洋近乎相同的眼睛，

他就站在她天平的左边，随着时间的流逝，缓缓向最彼端靠近……

尹墨染刚回国，便和当红明星解雨臣意外重逢。她没有认出他，可他一眼就认出，她是两年前醉酒后倒在他车前，在共度一晚后不告而别的女孩。

因为尹墨染就职的杂志社要为解雨臣拍摄照片，两人有了越来越多的交集。而让尹墨染感到意外的是，当年因为海洋出事后就消失不见的好友姚怜姗，现在却成了解雨臣的金牌经纪人。

同样的事件再度上演，两人又一次爱上了同一个男人，只是当尹墨染得知海洋的眼角膜捐献给了曾经眼部受伤的解雨臣时，她退缩了。接着，妹妹尹墨言又因为无意中知晓了姚怜姗的一个重大秘密而发生了意外，陷入昏迷……

大喇叭：以上是大喇叭看完稿子后，顶着两只“熊猫眼”写出来的精彩剧情哦，你们不要不领情啊，一定要多多支持我——不，是支持安大才对！这样子，以后喇叭我才有动力“深挖洞，广积粮”——啊呸，应该是深度挖掘作者们“背后的故事”，比如谁和谁关系最铁啦，谁和谁可能有暧昧啦，某人暗恋某某啦，啊哟喂，不能再多说了，再说下去要被群殴了！先走了！下回见！

漫天画地

这是个“穿越的年代”！

身为女主角，郝甜甜也时髦了一把，不过，倒不是她穿越了，而是——她撞上了一位“穿越人士”。

手机没见过，电视没见过，公交车被叫成“大马车”，偶尔还“精神分裂”！

鹿鸣野这家伙，除了他做出的食物超级好吃，她实在想不出他的其他优点了……

不过——

当谜底一层层解开，郝甜甜发现，鹿鸣野似乎不属于任何一个年代，他甚至不是正常的人类！他到底是从哪里来的？

想知道答案的话，

一定要关注“蜜桃殿下”的

《甜甜私房萌厨》哦！

嗯，还是先送上几张“渣画手”的美图，

让大家提前体验一下郝甜甜同学和鹿鸣野、千允澈

的“甜蜜瞬间”吧！

甜甜姑娘，我有好吃的包子你要吗？
我要吃！
一口吃掉
你真的想吃吗？
坏蛋！！！
点头

跟偶像的儿子同桌好激动，我是不是该说点什么……
千允澈你好，我叫郝甜甜！你的母亲是我偶像呢，她做饭超级好吃，还有你父亲也很厉害！
不管怎么说，夸奖的话总不会说错吧！
活在父母的光环之下啊，真讨厌……
居然皱眉了！！！我到底说错了什么！！！

末日求生手册

2012年平静地过去了，身为一个总是**幻想世界末日**的奇葩青年，**小编**我感到了深深的**寂寞**啊。幸好有**《全球进化》**这样超高人气的**末日冒险**小说陪伴，才**让**小编我**心里有了一点安慰**。看来大家对末日的想象还是很**丰富**嘛。今天呢，小编就来跟各位读者们**聊聊末日求生的那点事儿……**

说到末世，大家脑瓜子里首先想到的恐怕就是那些经典的好莱坞丧尸大片了，比如《生化危机》《我是传奇》《丧尸围城》等等，不过小编最喜欢的，还是皮大叔主演的《末日之战》，谁让他娶了小编打小就喜欢的女神当老婆呢，掩面哭泣……

丧尸是末日世界中人气最高的主角！在看电影的时候，大家一定想象过，如果是自己遇到丧尸围城的困境，会怎么面对呢？唉，末世之中，平民百姓的我们就别想着去当大英雄了，努力活下去才是正确的追求！
哦，对了，允许我先自我介绍一下，小编姓胡，你们就叫我胡编辑好了，记住，不是胡编！
话不多说，上法宝！

护身法宝：一尊金佛，一枚银质十字架，一堆大蒜，对了，还有一盆黑狗血！
如果是东方丧尸，就拿金佛，然后东方丧尸就开溜了；如果是西方丧尸，就用十字架，然后西方丧尸就跑路了……好吧，这些都是胡编从小说里抄的，也不知道丧尸会不会认可。要是这两大法宝不行，咱们就拿大蒜堵住他们的嘴！就算起不到作用，清新口气也不错啊！至于黑狗血嘛，好吧，这个点子确实够“狗血”的，因为《全球进化》里压根就没狗血这一说……

医疗必备用品：消炎药，抗生素，葡萄糖，以及体温计。
末世来袭，丧尸围城，空气中的细菌病毒比以往要多出数倍甚至上千倍，对于体质差的人而言，除了食物之外，这三种药物是必备的，这一点在《全球进化》里已经解释过了，空气中充满了许多致命的病菌，一丁点划伤都可能导致伤口溃烂，一丁点感冒、发烧、咳嗽都可能导致器官被感染。所以，消炎药与抗生素格外重要，至于葡萄糖，则在食物紧缺导致营养供给不足时使用。
同时，记得每天不断测量体温，因为人的体温在生病时通常会不同于以往，要知道，《全球进化》中，体温异常的人可都有变成丧尸的潜力哦！所以咱们必须防范于未然。

防身武器：家里一切能用到的物品。
这个时候，大家就不用想着跟《末日之战》里的布拉德·皮特一样，随便拿把水果刀就可以追杀丧尸三条街，拜托，人家拥有主角光环啊，而且还对丧尸病毒免疫呢。
至于枪支弹药什么的，确实是个不错的选择，但是《全球进化》里说了，枪支什么的咱们没有有关部门的证明，是不可以随便拿来玩的，所以还是别多想了。
至于家里能够用到的物品，菜刀，板砖，通厕器之类的肯定是首选啊，不过这些东西对付单个丧尸还好，万一一大波丧尸来袭怎么办呢？
关于这个方面，胡编第一时间想到的就是液化气跟酒，15L的液化气罐往丧尸堆里一丢，杀伤力可不比一颗TNT烈性炸弹差哦！至于酒的话，临时当个燃烧弹也是不错的选择。

每日必备活动：
第一、勤锻炼身体。身体是革命的本钱，想要更好地生存下去，拥有一个结实健康的身体是基本。
第二，切忌暴饮暴食。大街小巷丧尸出没频繁，家中肯定成了唯一能安全活动的空间，逛网店去购物自然想都别想了，所以，必须计划饮食，一是为了自身身体健康，二是为了通过有限的食物分配，获得更长的生存时间，以便等到援军到来。
第三，没事多听听收音机。丧尸到来，电脑与电视因为断电肯定无法使用，所以待在家里的朋友们得事先准备一个不太耗电的小型收音机，以及若干备用电池，时刻了解外界情况，避免沦为信息孤岛。一旦得知自己所生活的区域丧尸潮退去，即可掌控先机，实施战略转移。
以上三点均由《全球进化》作者天九友情提供，一般人都不告诉哦……

今天就先说到这里吧，本来胡编还打算再写写关于**远离城镇的郊区**的朋友们该如何在**末世求生**的，但是主编只给了胡编这么一点点**版面**啊，请允许我找个小角落安静地哭一会儿……
如果**朋友们**觉得胡编编得还可以的话，**期待下版再遇吧**，哈哈！

八卦最前线

盘点《琉璃美人煞》哪些精彩点打动了《古剑奇谭》制片方

据说，2014年最火最恩爱的配对大约是大师兄和苏苏（师尊：难道不是我和苏苏？晴雪：……），最热的电视剧无疑是《古剑奇谭》!

在大家哭喊着要为大师兄生孩子时，《古剑奇谭》制片方已经在酝酿下一部仙侠经典了!

那就是十四郎最负盛名作品——《琉璃美人煞》!

关于这部电视剧的猜测众说纷纭，虽然目前还在前期筹备中，但说到是哪些人加盟，作为《琉璃美人煞》的原著粉丝，我不得不说，绝对值得期待，毕竟书里的情节和人物都太有可看点了!

让我们一起来盘点一下，到底是《琉璃美人煞》的哪些精彩之处hold了《古剑奇谭》制片方的心和眼呢?

史上读者最想占为己有的男主角——禹司凤

不得不说，禹司凤真的是倾倒了一众少女心。

且看“伊吹鸡腿子”的评价：

禹司凤小朋友天资聪颖，会巫术，会读心，会疗伤，会弹琴，会给姑娘画眉，随身携带各种救急道具，会吹口哨逗灵兽跳舞，还会表演变身……孩子你真的不是走江湖卖艺的?

“司凤司凤，让小银花跳舞！”“好！”“司凤司凤，给我做个弹弓！”“嗯……”“司凤司凤，我要看胸口碎大石！”“呃……”

小编：“鸡腿”，你还记得叶榕秋吗?

再看豆瓣读者“罂”的深情告白：

司凤，我一直想，这样一个完美的少年，正如钟敏言所说，是能迷倒万千少女的吧。他冷傲，却不失温情；他寡言，却句句服众；他年少，却见多识广；他稳重，却也会害羞脸红……当然，最重要的一点，他还长得很好看。他心有璇玑，默默地陪在她身边；在她孤独的时候，给她温和的笑颜；在她茫然的时候，握紧她的手；在她狼吞虎咽时，会细心地叫她慢点吃；在她面容不整时，替她挽发拂丝；在她好奇懵懂时，为她耐心解说。他会对陆嫣然和兰兰漠然，无视她们的殷勤和撒娇，却在璇玑面前温柔体贴、嘴角含笑，收起他的冷傲。就像她以为他会生气时，他说：“我对你发过脾气吗？”不是没有脾气，只是他舍不得在她面前发怒，不愿她委屈。不是他不懂其他女人们的钟情，而是只有璇玑扎根在心。心中有了一个人，就再也容不下任何人。

最后看贴吧的亲人们玩起了心碎的接龙：我不是褚璇玑，我没有禹司凤。（容小编也默默在心里流泪。）

史上读者最想成为的女主角 ——褚璇玑

我看琉璃的时候真是畅快，因为这个角色，真的是有一股劲！也许是因为璇玑本来就是修罗，脾气是说上来就上来的那种。不像其他的女性角色那样柔弱。璇玑也有隐忍的时候，但是不只是为了男主，也有为了朋友，为了家人而忍的时候。她与玲珑的姐妹情，与敏言的暧昧，都很棒！

最初她不懂他的深情，因为她情窦初开时，心里那个暗淡的影子另有其人。

后来她懂得自己的感情，五百个日夜的追寻，只为了找到那个人。他说，如果不是全部，那我就宁可不要。所以她双手奉上，全部的真心。只要他还不满意，那她继续找下去，继续等下去，等到哪一天，他可以对她说一句，璇玑，我等你很久了，你来得很迟，我很生气。

就应该是这样啊，女主不一定一生下来就喜欢男主，也有可能喜欢过别的人，有过青涩的情怀，也有过鲛人一样的蓝颜，可是最终还是与那个人在一起了。而且，男女主的情也是有因可循的。

史上最抢戏宠物，哦不，灵兽 ——腾蛇大人

“老子要吃饭。”多么熟悉的口气，多么熟悉的要求。他的银发随风而扬，袍角翻飞，衬着额角清晰精致的脉络，在这碧绿麦浪涌动的天地间，消弭了一切恩怨，一切苦厄，证明了所有人的成长。

初遇时，小凤凰和璇玑两人揭榜去破案，正是腾蛇借道人间，他是爱放火爱打架的祖宗呀。

烈日炎炎，璇玑惊诧于他的一头白发，却容貌十分俊美年轻。然则在之后的较量中，腾蛇大言不惭，司凤差点被烧成灰，璇玑火大，使出定坤的三昧真火烧伤了这放火的祖宗。

此处小魔鬼禹司凤火上添油，璇玑，你不是想养一只灵兽吗？你面前的可是威震四方的天界神兽啊！

璇玑按照司凤指示，跟腾蛇结下了契约，威风八面的腾蛇大人成了璇玑的灵兽。

由于神兽不得违逆主人，纵然他发怒想打架，拍到了璇玑身上也成了按摩挠痒痒……（腾蛇大人泪流满面一万次啊……）

他闹脾气不服，司凤开导璇玑：见过人家养小猫小狗的吗？你要对他好，给他饭吃！（小凤凰，你也是金翅鸟中奇葩……）

没想到凡间的食物就此收买了腾蛇大人的胃，虽然臭小娘看着不顺眼，禹司凤也这小魔鬼也顶坏，但是在好吃的美味佳肴面前，腾蛇大人只想做一个安静的美吃货啊！

史上最悲情宠物，哦不，女配角 ——紫狐

紫狐的悲伤，在第一次看《琉璃美人煞》时，甚至比主角的都来得苍凉。

她胆小善良，捉了好多人，结果把人养在山上，大家愉快地在山上种地自耕自足，都不愿意离开这世外桃源。

世上最温柔的美男鱼亭奴说过，她是只善良的狐狸，所以即使开头她和璇玑一行人剑拔弩张地相遇，之后却化干戈为玉帛。

只是小凤凰顶坏，每当她鼓噪起来，他就扔小银花过去吓得她花容失色哇哇大哭。

一千年，已经让她长成一个美人。

一千年，终于让她等到了那个人。

然而一千年，什么都变了，却又什么都没变。

他还是那么喜欢摸着她光亮的皮毛，却假装看不见她的情意。

总想起她一个人坐在屋顶上看月亮，看着喜欢的人不肯多说一个字。

总想起她风骨铮铮地说：我喜欢一个人就是喜欢，若喜欢就叫他偿还，那喜欢还有什么意思？

她明明是一只千娇百媚的狐狸啊，却爱得如此摧枯拉朽不可挡。

也总想起她在生命最后的时刻，问无支祁，他的梦里有过她吗？却执拗地不再要他回答。

因为她为他，等了一千年，却只是等来了一场空。

史上最粉红配角：翩翩和玉宁

还未看《琉璃美人煞》前，就已经对“翩翩是个男弟子”这样的设定“跪服”！

翩翩和玉宁是浮玉岛岛主东方清奇的高徒，翩翩是师兄，玉宁是小师妹。玉宁好强倔强，而翩翩温润如君子。直到杏花树下，看着一直看不见自己的玉宁，翩翩“霸道总裁”附身，“壁咚”升级版告白，看羞了躲在暗处围观的少男少女司凤和璇玑，让我再也不能忘记这一对璧人。

还有鲛人亭奴和战神将军，白帝和计都，大宫主和皓凤，他们是《琉璃美人煞》里的一段一段前尘，他们的寂寞爱恋也天长地久。每个人的心碎，每个人的守候，如同璇玑大婚当日，亭奴遥寄的那一颗举世无双的夜明珠。那是鲛人的眼泪跌进了最深最蓝的海里，像是什么都没发生过，伴着两世的爱慕，铭心刻骨地坠落。

2015年最红的仙侠配对到底是禹司凤&褚璇玑，
还是无支祁&元朗？
或者是小银花&腾蛇？
让我们拭目以待！

五周年
珍藏本
Rare book

《琉璃美人煞》五周年珍藏版，
与你相遇三月春暖花开时！

新书街

青鸟飞过荆棘岛

——微情书征集大赛火热来袭！

年少莽撞，成长的路上总是荆棘丛生。
每个人心里都有一座荆棘岛，
可因为那个人的出现，
所有荆棘都变成了你成长路上的伴奏。
"今夜我不关心人类，我只想你。"
"我不喜欢全世界，我只喜欢你。"
……

或许这些话早已在你心里百转千回，
却从未启齿。
现在，我们给你舞台，
写下你的情书，分享青春路上的喜怒哀乐。

叶冰伦、锦年、夏桐，

亲自上阵当评审！说不定下一个钦点的人就是你哦！

想要叶冰伦精准又犀利的点评吗？
想要锦年和你一起聊聊成长路上的悲欢吗？
想要夏桐用欢笑温暖你刺痛的心灵吗？

还在等什么，
快拿起笔写
下你的情书吧！

《青鸟飞过荆棘岛》赠品征集活动：

1. 参与方式：

①读者在微博上晒出自己所写的微情书（字数控制在140字以内），并@merry-锦年@merry叶冰伦@merry夏桐@魅丽优品

②读者在merry锦年百度贴吧里晒出自己所写的微情书（字数控制在140字以内）

2. 活动时间：即日起至2015年05月31日

3. 活动主题：亲情、友情、爱情均可

奖品设置：从参赛作品中选出的优秀作品将会刊登在《青鸟飞过荆棘岛》的赠品小册子里，并附赠锦年或叶冰伦或夏桐的点评。

疯狂游乐场

微光

DIM LIGHT

在她从小到大的记忆里，

所有人都拥有着同样的面孔，

那张脸的名字叫陌生人。

即使是父亲的葬礼，她依然记不住遗照上的那个人；

即使是继母的耳光，她也懵然无知、似懂非懂；

即使是老师和同学的冷漠，她也选择默默承受；

终于，当他出现，他眼角的笑成为她生命里独一无二的记忆。

他牵起她的手，有微弱的光影在他的指缝间跃动。

他对她说“我帮你”，她的眼中第一次有了他模糊可辨的影子。

他抱紧她，漫天的线香烟花照亮他的脸，如同希望和光明伸手就可以触摸到。

著 叶冰伦

疯狂游乐场

Duang~魔术时间到

人生就像一副扑克牌，成功与否，不在于你是否抓到了一手好牌，而是如何打好手中并不漂亮的牌。

下面，就来看看大家能否打好这六张神奇的魔法牌吧！

当当当……

下面六张纸牌，你随便选一张，记在心里就行。

阳琼 对我来说，牌没有好坏之分，和什么人打才最重要！

——《我们告别，却不说再见》（西小洛 著）

杨帆 我的世界没有彩色，所有的牌都是灰色的。

——《我们告别，却不说再见》（西小洛 著）

萧小羽 我抓到了一手烂牌，但所幸没有输掉整个人生。

——《我们告别，却不说再见》（西小洛 著）

童琳琳 千方百计抓到了一手好牌，却不过是输掉比赛的开始。

——《我们告别，却不说再见》（西小洛 著）

赫好 我的人生里，只需要一个属于我的Q就足够。

——《我们告别，却不说再见》（西小洛 著）

宋林君 拿到烂牌就要不惜一切代价把它们变成好牌。

——《我们告别，却不说再见》（西小洛 著）

仔细看着他的眼睛，
想着你的牌。

Duang~ Duang~ Duang~

加特技，特技，再特技！

我已经把你心里想的牌拿走了。

阳琼 对我来说，牌没有好坏之分，
和什么人打才最重要！

——《我们告别，却不说再见》
（西小洛 著）

杨帆 我的世界没有彩色，
所有的牌都是灰色的。

——《我们告别，却不说再见》
（西小洛 著）

萧小羽 我抓到了一手烂牌，
但所幸没有输掉整个人生。

——《我们告别，却不说再见》
（西小洛 著）

童琳琳 千方百计抓到了一手好牌，
却不过是输掉比赛的开始。

——《我们告别，却不说再见》
（西小洛 著）

赫妤 我的人生里，只需要一个
属于我的Q就足够。

——《我们告别，却不说再见》
（西小洛 著）

啦啦啦，
是不是很不可思议？
魔术的世界就是
这么神奇！

哈哈哈……
（西小洛狂笑而过）